Orgasmen

Leidfaden zum Weiblichen und Männlichen Orgasmus

MARIA VALLEETSY

Willkommen auf einer Reise in eine Welt voller Leidenschaft, Verlangen und Entdeckungen. In diesem Buch finden Sie eine Geschichte, die tief in die faszinierende Welt von BDSM und SM eintaucht. Es ist eine Welt, in der

Lust und Schmerz vereinen sich dort, wo Dominanz und Hingabe zu einem Tanz der Sinne verschmelzen.

Diese Geschichten bringen uns nicht nur körperliche Handlungen näher, sondern vor allem auch die tiefen Emotionen, die zwischen den Protagonisten entstehen.

entstehen zwischen den Protagonisten. Es geht um Vertrauen, darum, die Kontrolle loszulassen, die eigenen Grenzen auszuloten und sich von gesellschaftlichen Normen zu befreien.

In den Geschichten mögen zwar dunkle Seiten auftauchen, doch im Kern strahlen sie mit der Helligkeit der menschlichen Seele. Sie erzählen von Sehnsüchten, von der Suche nach Erfüllung und von der Kraft, die in der Intimität zwischen zwei Menschen liegt.

Author

In meinem wirklichen Leben bin ich Sexualtherapeutin. Ich bin
nicht nur besessen von Sex für die Arbeit.
In meiner Freizeit reise ich durch das Land
und viel Spaß beim Besuch
Swingerclubs. Persönlich und beruflich
Ich erlebe die heißesten und heißesten Geschichten und Sex-
Geständnisse. Meine Patienten und ich
und meine Sexpartner erzählen mir den wildesten Unsinn, den
ich unzensiert zu Papier bringe und ausführlich weitergebe.
Neben meiner Leidenschaft für wilden Sex ohne Tabus nehme
ich kein Blatt vor den Mund
Halte deinen Mund und lass meine Bekannten unverblümt und
in aller Geilheit über ihre perversen sexuellen Erlebnisse
erzählen.
Erfahrungen. In diesen Büchern schreibe ich nur auf, was mir
meine sexuellen Bekannten und Patienten sagen.
und Patienten sagen es mir. Die Namen der Personen wurden
natürlich geändert.

XOXO

Orgasmen

Leidfaden zum Weiblichen

und Männlichen Orgasmus

Vaginaler Orgasmus: zwischen totaler Entspannung und endlosem Vergnügen

Noch immer fragen sich viele Frauen, ob sie überhaupt einen vaginalen Orgasmus, durch Penetration, haben können. Auch ich wusste lange nicht, wie ich so zum Höhepunkt komme und ob ich es überhaupt kann. Mein erster vaginaler Orgasmus war so intensiv, dass ich sofort den Unterschied gespürt habe. Danach habe ich lange probiert, bis ich meine beste Technik herausbekommen habe und so fast immer vaginal kommen kann. In diesem Artikel will ich dir diesen Orgasmus näherbringen und dir meine Tipps geben, wie du deinen intensivsten Orgasmus erleben kannst.

Was ist eigentlich ein vaginaler Orgasmus?

In deiner Vagina verlaufen viele Nerven zusammen, mit denen du dich erregen kannst. Ein Teil der Nerven bilden die Klitoris zwischen deinen Schamlippen. Dieser kleine Punkt ist das sichtbare und fühlbare Ende der Nerven, welchen du durch Reibung und Vibration stimulieren kannst. Aber auch innerhalb der Vagina sind viele Nerven, die durch Penetration und Reibung erregt werden. Hier verlaufen viele dieser Nerven bei dem G-Punkt.

Bei der vaginalen Stimulation wird dieser Bereich durch Reibung gereizt. Zudem reizt dich das Ausfüllen deiner Vagina weiter, in dem andere Nerven getroffen werden. So kommst du beim Vaginalorgasmus nicht durch einen speziellen Nerv, sondern durch eine Kombination mehrerer Reize.

Der vaginale Orgasmus unterscheidet sich auch vom Zervix Orgasmus. Zu Recht wirst du dich fragen, was das für ein Orgasmus sein soll. Dieser ist auch für mich eine ganz neue Erfahrung, die ich in einem anderen Artikel, über den Zervix Orgasmus, gerne mit euch ausführlich teilen möchte. Ich kann nur so viel versprechen, die Lust dabei ist schwindelerregend.

Unterschied zum klitoralen Orgasmus

Der Unterschied vaginaler und klitoraler Orgasmus liegt also primär an der Stelle der Stimulation. Aber nicht nur da unterscheiden sich beide. Meiner Erfahrung nach ist der vaginale Höhepunkt deutlich intensiver. Wenn ich einen Klitoris Orgasmus habe, baut sich bei mir nicht das gleiche Level an Spannung und Lust auf. Die Erlösung beim Orgasmus ist auch nicht so intensive. Zudem kann ich vaginal mehrmals hintereinander kommen. Meine Klitoris ist meistens überreizt, nachdem ich dort zum Orgasmus gekommen bin, dieses Problem habe ich bei der Vagina Penetration nicht. So kann ich vaginal häufiger kommen und nach dem ersten Orgasmus direkt weiter machen.

Können alle Frauen vaginal kommen?

Ja, alle Frauen können einen vaginalen Orgasmus bekommen. Ich habe bei mir selbst aber gemerkt, wie schwer es ist, die richtige Stimulation zu finden. Man bekommt ihn nicht einfach nur mit etwas Penetration, sondern muss dies im richtigen Winkel tun, die richtige Zone treffen und dabei noch genügend entspannt sein. Diese Faktoren sind auch für jede Frau anders. Das erste Mal hat es bei mir während der Orgasmuskontrolle durch meinen Partner funktioniert. Er hat genau das richtige Maß getroffen und durch die Orgasmuskontrolle konnte ich mich voll entspannen und ganz der Lust hingeben. Erst danach habe ich angefangen, meinen Körper selbst kennenzulernen und mich vaginal zum Kommen zu bringen.
Daher ist es wichtig, dass du dich und deinen Körper erforschst und kennst, dann wirst du auch deinen Weg zum vaginalen Orgasmus finden.

Kann man den vaginalen Orgasmus trainieren?

Heutzutage gibt es wirklich viele Sexspielzeuge, die deinen Körper trainieren können.

Der vaginale Orgasmus kann trainiert werden. Man trainiert dabei nicht den Orgasmus an sich. Die Muskeln, gerade Beckenboden, und das eigene Körperempfinden spielen bei diesem Orgasmus eine wichtige Rolle und beides kannst du trainieren oder verbessern.

Natürlich gibt es dabei auch kleine Helferlein, wie Dildos, Vibratoren oder Orgasmusgele, die dich zusätzlich reizen und dir helfen diesen Orgasmus zu erreichen. Gerade die Orgasmusgele fand ich am Anfang sehr hilfreich, denn sie haben meine Berührungen intensiviert und mich so leichter zum Orgasmus gebracht. Wenn du nach einem Orgasmusgel suchst, dann habe ich eine Liste mit den besten Orgasmusgelen für dich, die dir sicher helfen wird. Aber dennoch empfehle ich dir erst mal dich und deinen Körper Schritt für Schritt besser kennenzulernen.

Eine wichtige Rolle der Beckenbodenmuskulatur

Wie erwähnt, spielt die Beckenbodenmuskulatur eine wichtige Rolle beim vaginalen Orgasmus. Sie ist dafür zuständig, wie eng du in der Vagina bist und hilft dir, mit Anspannung, noch enger zu werden. Dies intensiviert die Reibung und Stimulation durch die Penetration. Dieser erhöhte Reiz auf die Nerven erleichtert den Orgasmus. Nachdem ich dies für mich herausgefunden habe, habe ich angefangen, die Muskulatur etwas zu trainieren. Hierfür kann ich nur die Fifty Shades of Grey Tighten and Tense Jiggle Balls empfehlen. Sie sind durch das Material leicht anzuführen, rutschen aber nicht so schnell heraus. Durch das Trainieren mit diesen Liebeskungeln hat sich nicht nur meine Körperhaltung verbessert, sondern ich konnte auch meine Lust bei der vaginalen Penetration steigern.

Selbstbefriedigung ist empfehlenswert

Es ist ganz wichtig, eigenen Körper zu verstehen. Der zweite entscheidende Faktor. Für mich, war, meinen Körper besser kennenzulernen. Am Anfang habe ich mich lediglich durch Streicheln des Kitzlers und das Einführen meiner Finger stimuliert. Dies hat mir zwar einen Höhepunkt beschert, welche aber nicht immer sehr intensive gewesen sind. Erst als ich angefangen habe bei der Selbstbefriedigung mehr zu experimentieren, habe ich herausgefunden, wie ich mich besser stimulieren kann. Mit Dildos konnte ich zum Beispiel experimentieren, wie ich mich penetrieren muss, um meinen G-Punkt zu reizen. Damit konnte ich auch meinen Partner besser unterstützen, sodass er mich beim Sex auch zum Kommen bringen kann.

Wovon hängt der Erfolg ab?

Es gibt viele Wege, die dir zu einem Vagina Orgasmus helfen können, aber nicht alle werden für dich funktionieren. Ich kann dir also keine direkte Anleitung geben, was du genau tun musst, damit du auf jeden Fall einen Orgasmus bekommst. Vielmehr möchte ich mit dir meine Erfahrungen mit mir selbst teilen, dir zeigen, was mir geholfen hat und dich ermutigen deinen Körper zu erforschen und deine Erfahrungen zu machen.

Stimmung und Gedanken

Der größte Faktor für mich ist die Stimmung gewesen. Ich habe mich immer gefragt, wie sich ein vaginaler Orgasmus anfühlt oder wie ich ihn bekomme. Deswegen hatte ich diese Gedanken auch immer wieder beim Sex und war so nicht richtig entspannt. Dies führte dazu, dass der Sex für meinen Partner und mich unbefriedigend gewesen ist und weniger wurde. Diese Gedanken und Unruhezustände
haben dann letztlich zu Problemen in der Beziehung und Schlafstörungen geführt. Erst als einer meiner Partner die Orgasmuskontrolle bei mir angewendet hat, hat es funktioniert. Aber warum? Bei der Orgasmuskontrolle habe ich mich ganz hingegeben und vollkommen entspannt. Da ich keine Kontrolle mehr hatte, konnte ich meine blockierenden Gedanken aufgeben und mich der Lust ganz hingeben. Seitdem versuche ich mich nicht auf den Orgasmus, als Ziel zu konzentrieren, sondern gebe mich der Lust hin und entweder ich habe einen Orgasmus, oder eben nicht.

Stellung

Die Stellung macht bei mir einen großen Unterschied, vorwiegend beim Sex mit meinem Partner. In der Missionarsstellung trifft er nicht den richtigen Winkel, weswegen es für mich schwer ist so zu kommen. Wenn ich aber ein Kissen unter meine Hüfte legen, dann ändert er sich dieser und sein Glied stimuliert mein G-Punkt. Auch die Doggyposition ermöglicht es ihm tiefer in mich einzudringen, was das Gefühl der Penetration verstärkt. Beide Stellungen erhöhen die Chance auf einen vaginalen Orgasmus, für mich. Bei der Selbstbefriedigung ist die Stellung für mich weniger ausschlaggebend, denn hier kann ich den Dildo im Winkel einfach verändern und so direkt meinen G-Punkt ansteuern.

Aktive Stimulation

Die Nerven des Kitzlers verlaufen auch über den G-Punkt. Eine aktive Stimulation des Kitzlers kann dir also dabei helfen, einen vaginalen Orgasmus zu haben. Dabei musst du nicht den Kitzler reizen, bis du kommst, du kannst auch davor aufhören oder es nur als Vorbereitung machen. Ich nutze gerne den Minds of Love Little Friends, um beim Vorspiel meine Klitoris zu stimulieren. Der Vibrator ist so klein, dass er beim heißen Vorspiel zwischen uns passt. Mit ihm erregen wir nicht nur meine und seine Brustwarzen, sondern können auch sein Penis und meine Klitoris erregen. Dies steigert meine Lust und sensibilisiert die Nerven und ich spüre dann das Einführen des Penis oder des Dildo intensiver. Den Vibrator kann ich dann auch noch etwas während der Penetration weiter an der Klitoris halten, aber höre dann damit auf. So übernimmt die Penetration den weiteren Reiz und kann mich dann bis zum lustvollen Höhepunkt bringen.

Offen und geduldig sein

Der vaginale Orgasmus ist für jeden unterschiedlich schwer zu erreichen. Sei nicht frustriert, falls es bei dir länger dauert, bis du deine Technik findest, denn jeder ist anders. Die Vielfalt an Toys ist groß, über Vibratoren, Dildos, Plugs und Gelen. Wichtig ist, dass du deine erogenen Zonen findest und die Stimulation

die deine Lust am heftigsten steigert. Manchmal hilft es auch einfach das Thema zu vergessen, den Spaß am Sex zu genießen und sich einfach der Lust hinzugeben. Vielleicht kommt dann der vaginale Orgasmus bei dir von ganz allein, so wie bei meinem ersten vaginalen Orgasmus.

Fazit

Um den vaginalen Orgasmus ranken sich viele Mythen und Spekulationen. Nicht alle Frauen bekommen ihn und viele wollen ihn. Generell kann ihn jede Frau haben, aber dort hinzukommen ist nicht immer leicht. Für mich war das Fallen lassen und der Lust hingeben einer der Schlüssel, die mir den vaginalen Orgasmus ermöglicht haben. Das weitere Erforschen meines eigenen Körpers hat mir dann geholfen, häufiger einen solchen Orgasmus zu bekommen. Nun kann ich des Sex mit meinem Partner solch intensive Orgasmen erleben, dass es mich manchmal noch Minuten danach noch schüttelt. Natürlich funktioniert es nicht immer, aber so bleibt der Reiz des Sex und des vaginalen Orgasmus immer erhalten.

Wie fühlt sich ein vaginaler Orgasmus an

Ein vaginaler Orgasmus kann sich für viele Frauen als intensives und befriedigendes Erlebnis anfühlen, das durch Stimulation der Vagina und insbesondere der Klitoris erreicht wird. Im Gegensatz zum klitoralen Orgasmus wird der vaginale Orgasmus durch die Stimulation der Vagina selbst ausgelöst.

Frauen, die vaginale Orgasmen erleben, beschreiben das Gefühl oft als tiefer und intensiver als den klitoralen Orgasmus. Einige Frauen beschreiben es als pulsierendes, wellenartiges Gefühl, das sich im ganzen Körper ausbreitet, während andere ein Gefühl der Entspannung und des Glücks empfinden.

Es ist jedoch wichtig zu beachten, dass nicht alle Frauen in der Lage sind, einen vaginalen Orgasmus zu erleben. Viele Frauen benötigen klitorale Stimulation, um einen Orgasmus zu erreichen, und für manche Frauen ist es einfach nicht möglich.
In diesem Artikel werden wir uns mit dem vaginalen Orgasmus beschäftigen, welche Rolle die Klitoris dabei spielt und wie Frauen ihre Chancen erhöhen können, einen vaginalen Orgasmus zu erleben.

Was passiert im Körper während eines vaginalen Orgasmus?

Während eines vaginalen Orgasmus gibt es eine Reihe von Veränderungen im Körper einer Frau
Während eines vaginalen Orgasmus findet im Körper eine komplexe Reihe von neurophysiologischen Ereignissen statt, die dazu führen, dass sich die Muskeln in der Vagina rhythmisch zusammenziehen. Diese Kontraktionen können über mehrere Sekunden oder sogar Minuten hinweg anhalten und intensiviert werden.

Wenn eine Frau sexuell erregt ist, strömt das Blut in die Genitalien, und die Klitoris, der G-Punkt und die umgebenden Nerven und Muskeln werden stimuliert. Die Nerven im Bereich der Klitoris und der Vagina senden Signale an das Gehirn, insbesondere an das limbische System und den präfrontalen Kortex, was zu einem Gefühl der Freude und Befriedigung führt.

Während des Orgasmus werden eine Reihe von Nerven und Muskeln aktiviert, die die Kontraktionen in der Vagina auslösen. Zu diesen gehören der Beckenboden, die Gebärmuttermuskeln, die Vaginalmuskeln und die Analmuskeln. Diese Muskeln ziehen sich rhythmisch zusammen, was zu einem intensiven Vergnügen und einer Zunahme der sexuellen Erregung führt.

Es gibt auch eine Freisetzung von Endorphinen, Dopamin und Oxytocin, was ein Gefühl von Entspannung und Wohlbefinden hervorruft. Die erhöhte Herzfrequenz, Atmung und Blutdruck, die während des Orgasmus auftreten, sind ebenfalls typische Reaktionen im Körper.

Insgesamt löst ein vaginaler Orgasmus eine komplexe Kaskade von physiologischen Ereignissen im Körper aus, die eine intensive sexuelle Befriedigung hervorrufen können. Wenn eine Frau keinen Orgasmus bekommt, gibt es in diesem Artikel ein paar Tipps, wie man einen qualitativ hochwertigen Orgasmus erreichen kann.

Wie fühlt sich ein vaginaler Orgasmus an?

Während des vaginalen Orgasmus erleben viele Frauen eine starke sexuelle Erregung, die sich im gesamten Körper ausbreiten kann.
Die Erfahrung eines vaginalen Orgasmus ist ein sehr subjektives Erlebnis und kann von Frau zu Frau unterschiedlich sein. Einige Frauen beschreiben ein starkes und intensives Gefühl der Befriedigung, das ihren ganzen Körper durchströmt, während
andere Frauen berichten, dass es ein subtileres, aber dennoch sehr angenehmes Gefühl ist
Hier sind einige häufige Empfindungen, die Frauen während eines vaginalen Orgasmus erleben können:

Intensives Kribbeln oder Pochen im Unterleib
Ein Gefühl der Wärme und Röte im Gesicht und auf der Brust
Kontraktionen oder Zuckungen der Vaginalmuskulatur
Ein Gefühl der Entspannung und des Wohlbefindens im Körper
Ein Gefühl der Nähe oder Verbundenheit mit dem Partner
Einige Frauen beschreiben auch eine verstärkte Empfindsamkeit im Bereich des G-Punkts, der sich etwa 5-8 cm tief in der Vagina befindet und oft als Schlüssel zur

vaginalen Orgasmusfähigkeit betrachtet wird. Viele Frauen berichten, dass der G-Punkt besonders empfindlich ist und dass eine gezielte Stimulation während des Geschlechtsverkehrs oder durch manuelle Stimulation zu einem vaginalen Orgasmus führen kann. Erfahre in auch in meinem Blogbeitrag auf Lustpedia, wie ein vaginaler Orgasmus sich anfühlen kann. Tauche ein in die Welt der sexuellen Erfahrungen und lerne mehr über die Freuden und Empfindungen, die mit einem vaginalen Orgasmus verbunden sind.

Hier sind einige Zitate von Frauen, die ihre Erfahrungen mit vaginalen Orgasmen beschreiben:

„Es fühlt sich an, als würde ein warmer Strom durch meinen Körper fließen. Es ist ein intensives, aber sehr angenehmes Gefühl, das mich in einen Zustand der totalen Entspannung versetzt."
„Es ist schwer zu beschreiben, aber es ist definitiv anders als ein klitoraler Orgasmus. Es ist intensiver und dauert länger, und ich fühle mich danach total erfüllt und zufrieden."
„Ich hatte lange Zeit Schwierigkeiten, einen vaginalen Orgasmus zu erreichen, aber als es endlich passierte, war es absolut unglaublich. Ich fühlte mich vollständig mit meinem Körper und meinem Partner verbunden und hatte das Gefühl, dass alles möglich war.

Was ist der Unterschied zwischen einem klitoralen und einem vaginalen Orgasmus?

Der Unterschied zwischen einem klitoralen und einem vaginalen Orgasmus liegt in der Art der Stimulation und den damit verbundenen Empfindungen
Ein klitoraler Orgasmus wird durch direkte Stimulation der Klitoris ausgelöst, während ein vaginaler Orgasmus durch Stimulation des G-Punkts oder der vaginalen Wand

verursacht wird. Hier sind einige wichtige Unterschiede zwischen den beiden Arten von Orgasmen:

– Lokalisation: Der klitorale Orgasmus wird durch Stimulation der Klitoris ausgelöst, die sich an der Spitze der Schamlippen befindet. Der vaginale Orgasmus wird durch Stimulation des G-Punkts oder der vaginalen Wand ausgelöst, die sich etwa 5-8 cm tief in der Vagina befinden. Auch kannst du A-Stimulation ausprobieren, hier alle Informationen+mein Leitfaden dazu.

– Intensität: Vaginale Orgasmen können als intensiver und tiefer empfunden werden als klitorale Orgasmen.

– Dauer: Vaginale Orgasmen können länger anhalten als klitorale Orgasmen.

– Fähigkeit: Einige Frauen haben Schwierigkeiten, einen vaginalen Orgasmus zu erreichen, während andere Schwierigkeiten haben, einen klitoralen Orgasmus zu erreichen. Es ist wichtig zu beachten, dass einige Frauen Schwierigkeiten haben, einen vaginalen Orgasmus zu erreichen.

Es wird geschätzt, dass etwa 75% der Frauen Schwierigkeiten haben, durch Penetration allein einen vaginalen Orgasmus zu erreichen. Dies kann auf eine Reihe von Faktoren zurückzuführen sein, einschließlich anatomischer Unterschiede, mangelnder Stimulation des G-Punkts, psychologischer Faktoren und mangelnder Kenntnisse über den eigenen Körper und sexuelle Erregung.

Ein weiterer wichtiger Faktor ist die Tatsache, dass der G-Punkt bei einigen Frauen möglicherweise weniger empfindlich ist als bei anderen.

Es ist auch möglich, dass einige Frauen aufgrund einer anatomischen Variabilität keinen G-Punkt haben. Es ist wichtig zu betonen, dass es kein „richtiges" oder „falsches" Orgasmuserlebnis gibt, und dass die Erfahrung des Orgasmus von Frau zu Frau sehr unterschiedlich sein kann.

Was für eine Frau funktioniert, funktioniert nicht unbedingt für eine andere. Das Wichtigste ist, dass Frauen offen und ehrlich mit ihren Partnern kommunizieren und herausfinden, was für sie am besten funktioniert.

Es ist auch wichtig, der ruinierten Orgasmus als eine weitere Orgasmusform in diesem Absatz zu erwähnen. In meinem Artikel habe ich alles zusammengetragen, was man darüber wissen muss und wie man es macht

Wie können Frauen ihre Chancen erhöhen, einen vaginalen Orgasmus zu erleben?

Indem Frauen ihren eigenen Körper und ihre sexuellen Vorlieben besser kennenlernen, können sie herausfinden, was für sie angenehm und stimulierend ist
Es gibt mehrere Techniken und Positionen, die Frauen verwenden können, um ihre Chancen auf einen vaginalen Orgasmus zu erhöhen. Hier sind einige Möglichkeiten:

1. Entspannung: Eine entspannte Atmosphäre und ein entspannter Körper sind wichtig, um den G-Punkt und die vaginale Wand zu stimulieren. Versuchen Sie, sich zu entspannen und sich auf Ihre Atmung zu konzentrieren.

2. Stimulation des G-Punkts: Stimulation des G-Punkts kann durch direkte manuelle Stimulation oder durch Penetration in der Missionarsstellung oder der Hündchenstellung erreicht werden. Eine weitere Möglichkeit ist die Verwendung eines speziellen G-Punkt-Vibrators. Hier findest du die besten Stellungen, um mehr Vergnügen beim Sex zu erleben.

3. Verwendung von Kegel-Übungen: Durch regelmäßige Kegel-Übungen können die Muskeln um den G-Punkt gestärkt und das Empfindungsvermögen erhöht werden.

4. Verwendung von Sexspielzeugen: Sexspielzeug, wie zum Beispiel Dildos, können verwendet werden, um die Stimulation des G-Punkts oder der vaginalen Wand zu erhöhen. Zum Beispiel könnten Sie Stoßvibratoren, Naturdildos oder trägerlose Dildos versuchen, um Ihre Empfindungen und Körper zu erkunden. Du kannst auch meinen Leitfaden für Sexspielzeuge für Paare lesen.

5. Kommunikation: Offene Kommunikation mit Ihrem Partner darüber, was sich gut anfühlt und was nicht, ist wichtig, um eine angenehme sexuelle Erfahrung zu haben und einen vaginalen Orgasmus zu erreichen.

Es ist wichtig zu beachten,
dass Entspannung, Kommunikation und Vertrauen ebenfalls wichtige Faktoren sind, um einen vaginalen Orgasmus zu erleben

Wenn eine Frau gestresst oder angespannt ist, wird es schwieriger sein, einen vaginalen Orgasmus zu erreichen. Offene Kommunikation und Vertrauen in den Partner können auch dazu beitragen, dass eine Frau sich entspannt und sich auf das Erlebnis konzentrieren kann. Es ist auch wichtig, den eigenen Körper und seine sexuelle Erregung zu verstehen, um herauszufinden, was am besten funktioniert. Es kann auch vorkommen, dass eine Frau beim Sex kein Orgasmus hat. In so einem Fall gibt es meinen Artikel mit einigen Tipps, die dir dabei helfen können.

Es ist wichtig zu betonen, dass die sexuelle Gesundheit und das Wohlbefinden einer Frau nicht ausschließlich von der Fähigkeit abhängen, einen vaginalen Orgasmus zu erreichen. Es gibt viele andere Aspekte der sexuellen Erfahrung, die für eine Frau befriedigend sein können, wie zum Beispiel klitorale Stimulation, Intimität und emotionale Verbindung mit dem Partner. Außerdem sollten Frauen nicht vergessen, dass es normal ist, keine oder wenig Erfahrung mit dem vaginalen Orgasmus zu haben.

Es gibt keine Scham oder Schuldgefühle, wenn es nicht klappt. Es ist wichtig, sich selbst Zeit und Raum zu geben, um die sexuelle Erfahrung zu genießen und herauszufinden, was für einen selbst funktioniert. Schließlich ist es wichtig, dass Frauen über ihre sexuelle Gesundheit und Wohlbefinden offen sprechen und ihre Bedürfnisse und Grenzen kommunizieren. Wenn sie Schwierigkeiten haben, einen vaginalen Orgasmus zu erreichen oder andere sexuelle Probleme haben, sollten sie sich an einen medizinischen Fachmann oder eine Fachfrau wenden, um Rat und Unterstützung zu erhalten.

Fazit

Zusammenfassend lässt sich sagen, dass ein vaginaler Orgasmus für viele Frauen ein sehr intensives und befriedigendes Erlebnis sein kann. Einige Frauen verstehen nicht, wie sich ein vaginaler Orgasmus anfühlt, aber es gibt verschiedene Techniken und Positionen, die ihnen dabei helfen können. Die Stimulation des G-Punkts und der vaginalen Wand, regelmäßige Kegel-Übungen und die Verwendung von Sexspielzeugen können dabei helfen. Entspannung, Kommunikation und Vertrauen sind ebenfalls wichtige Faktoren, um einen vaginalen Orgasmus zu erreichen.

Es ist wichtig, dass Frauen ihre Körper und ihre sexuelle Erregung besser verstehen und herausfinden, was für sie am besten funktioniert. Es gibt keine bestimmte Methode oder Technik, die für alle Frauen funktioniert, da jeder Körper anders ist. Frauen sollten sich Zeit nehmen, um ihren Körper zu erforschen und herauszufinden, was für sie am besten funktioniert. Offene Kommunikation mit dem Partner und das Vertrauen in den eigenen Körper sind der Schlüssel zu einer angenehmen sexuellen Erfahrung.

Der ruinierte Orgasmus: Alles, was du darüber wissen musst

Wir sind es in der heutigen Zeit gewohnt, alles schnell, sofort zu bekommen. Das Leben ist komfortabel und bei nicht Erfüllung unserer Wünsche macht sich schnell Frustration in uns breit. Genau darum geht es beim ruinierter Orgasmus. Was im ersten Moment vielleicht kontrovers scheinen mag. Warum sollte man das tun? Die einfache Antwort ist: Es steigert die Lust.

Was ist ein ruinierter Orgasmus?

Ein ruinierter Orgasmus ist ein Spiel mit der Macht und ist auch unter dem Begriff Edging bekannt. Er kommt aus dem BDSM Bereich, wo ein Partner einem anderen die Macht gibt, über ihn zu verfügen. Dies geschieht in einem vorher abgesprochene Rahmen, aber innerhalb dessen gibt es keine Grenzen.

Bei dem ruinierten Orgasmus verwehrt der dominante Partner dem anderen den Orgasmus, indem er ihn bis kurz davor bringt und dann mit der Stimulation aufhört. Dabei macht sich Frustration in dem unterwürfigen Partner breit, die sich schnell bei beiden in Lust wandelt. Der Dominante sieht die Lust und Verzweiflung beim Unterwürfigen und dieser hat das starke Bedürfnis endlich zum Orgasmus zu kommen. Es muss sich dabei auch nicht immer um einen ruinierten Orgasmus für den Mann handeln, sondern es kann genauso für die Frau geschehen.

Warum ruiniert man einen Orgasmus?

Warum sollte man einen Orgasmus ruinieren? Es handelt sich dabei um eine sexuelle Praxis, die Lust steigert und Bedürfnisse befriedigt. In der heutigen Zeit müssen Menschen vielen Verpflichtungen, Fristen und Erwartungen gerecht werden. Dies muss alles kontrolliert und geplant werden und schafft viel Stress. Abseits des öffentlichen Lebens wollen viele Menschen diese Kontrolle fallen lassen und sich nur hingeben. Beim BDSM und dem ruinierten Orgasmus geht es genau darum, sich fallen zu lassen. Du bist nicht in Kontrolle über deinen Körper, deine Lust und was als Nächstes passiert. Du kannst dich der Situation hingeben und nur genießen.

Der ruinierte Orgasmus ist dabei eine Methode das zu verwehren, wonach sich der unterwürfige Partner sehnt. Er ist kurz vor dem Höhepunkt und die Handlung wird dann gestoppt. Nach einer Phase der Beruhigung kann man dies sogar einige Male wiederholen. Viele berichten davon, dass es ihre Lust immer weiter steigert, bis sie am Ende zu einem sehr starken Orgasmus kommen. So steigert der ruinierte Orgasmus die Lust und das Erlebnis.

Man sollte mindestens einmal diese Methode ausprobieren, um danach keine Zweifel zu haben, dass es wundervolle Erlebnisse bringt.

Orgasmuskontrolle bei Frauen

Ursprünglich wurde der ruinierte Orgasmus häufiger bei Männern angewendet, aber auch immer mehr Frauen genießen die Orgasmuskontrolle. Aber wie funktioniert es nun?

Diese Technik kommt aus dem BDSM

und daher gibt es einige Methoden, die das ganze Spiel weiter verstärken. Aber zuerst müssen beide Partner damit einverstanden sein, die Grenzen und ein „Save word" festlegen, welches einen sofortigen Abbruch bedeutet.

Da sich beim ruinierten Orgasmus der Frau schnell Lust und Frustration aufbaut, ist es ratsam, die Hände an das Bett zu
Fesseln

. Hierfür eignen sich insbesondere diese Satinbandfesseln von Sinful. Ihre Schlaufe fixiert die Handgelenke bestens, ohne dabei irgendwelche Druck- oder Scheuermale zu hinterlassen. Danach kannst du entweder die Handfesseln verknoten oder links und rechts ans Bett binden. So kann sie sich nicht selbst anfassen und gegebenenfalls zum Orgasmus bringen. Eine Augenbinde und eventuell Kopfhörer können das Spiel weiter verstärken. Dadurch weiß man nicht, was der andere Partner tun wird und die Spannung steigt weiter.

Es ist ähnlich wie beim Kitzeln, die eigene Berührung ist weniger intensiv, denn man weiß, dass sie kommt. Wenn du aber der Sinne beraubt bist, dann ist jede Berührung umso intensiver.

In der Anfangsphase muss nun die Lust aufgebaut werden. Dies erreicht man, indem man die empfindlichen Zonen der Partnerin berührt, nicht die Geschlechtsorgane, sondern andere erogenen Zonen wie Nacken, Hals, Schultern und Oberschenkel. Dies kann mit Händen, Mund und Zunge geschehen oder ihr nutzt andere Hilfsmittel.

In der Aufbauphase fängt man an, die Brust und Klitoris zu stimulieren. Dies kann man mit Fingern, Mund, Zunge oder einem Vibrator tun. Hier ist es wichtig aufzuhören, sobald die Partnerin kurz davor ist, zum Höhepunkt zu kommen. Gerade am Anfang kann es schwer sein, den richtigen Zeitpunkt zu finden. Schnell ist man zu früh oder zu spät, was beides nicht zum gewünschten Ergebnis führt. Daher empfiehlt es sich, dass die Partnerin dich dabei zu Beginn unterstützt und signalisiert, wenn sie sich dem Orgasmus nähert und den Moment, wenn der Mann aufhören muss.

In der Cooldownphase kann man die Partnerin leicht stimulieren, aber nicht zu stark. Hier ist es wichtig die Lust etwas abklingen zu lassen, sodass sich der Körper beruhigen kann und man die Basis schafft neu anzufangen.

Danach startet man wieder am Ende der Anfangsphase und kann den Orgasmus erneut aufbauen, bevor man ihn erneut ruiniert.

Orgasmuskontrolle bei Männern

Die Technik für einen ruinierten Orgasmus beim Mann ist fast identisch zu dem der Frau.

Auch hier ist es wichtig, dass beide Partner sich über die Grenzen im Klaren sind und der Mann die Möglichkeit hat, das Spiel gegebenenfalls abzubrechen.

Danach empfiehlt es sich auch dem Mann die Hände zu fesseln und bei Bedarf und Wunsch die Augen zu verbinden.

In der Anfangsphase baut die Frau auch die Lust des Partners auf. Dies kann durch zärtliche Berührungen und auch mit Fantasien durch Dirty Talk geschehen. Meistens sind Männer etwas leichter zu stimulieren und daher ist die Phase oft kürzer.

Baut dafür die Aufbauphase etwas aus. Der Partner kann diese Phase immer wieder unterbrechen und verlängern, um so die Erregung des Manns zu steigern. Es kann auch etwas Kraft genutzt werden, worauf die meisten Männer auch mit Erregung reagieren. Zum Beispiel kann man das Glied des Manns fester drücken, aber auch die Hoden des

Manns sind in diesem Zustand für diese Stimulation empfänglich.

Bei den meisten Männern ist es leichter zu erkennen, wenn sie sich dem Höhepunkt nähern. Ansonsten empfiehlt es sich auch hier Absprachen zu treffen, sodass Sie den Orgasmus zum richtigen Zeitpunkt ruinieren.

Wiederholt dieses so oft ihr möchtet und bis ihr den Orgasmus gewähren.

Ein erfolgreicher ruinierter Orgasmus: Tipps und Tricks

Sexspielzeuge und Zubehör gehören zu den empfehlenswerten Sachen, die beim Ruinieren des Orgasmus sehr hilfreich sein können.
Es gibt einige Tipps und Techniken, die bei Mann und Frau angewendet werden können, um die Lust weiter zu steigern und den ruinierten Orgasmus erfolgreich zu machen:

Man kann vor der Session eine Phase vereinbaren, in der keine sexuelle Interaktion, ob allein oder zu zweit stattfindet. Dies steigert die Vorfreude auf und die Lust während der Session.

Anale Stimulation

Gerade beim Mann kann eine dies zu einer weiteren Steigerung der Lust führen. Männer haben in der Nähe der Prostata einen Reizpunkt, durch welchen sie auch zum Orgasmus kommen können. Aber auch vielen Frauen bereitet diese Form der Stimulation zusätzliche Lust. Der Fifty Shades of Grey Analplag von Desire ist ein ideales Spielzeug für alle diejenigen, die eine neue Tür in eurem Sexleben öffnen wollen.

Die Rezensionen sprechen für sich und berichten von berauschenden Erlebnissen, gerade für Anfänger und Neulinge in dem Bereich. Durch seine Form eignet er sich bestens, um die Prostata des Manns zu stimulieren und einen intensiven Orgasmus zu bereiten, falls du ihn lässt.

3. Das Spiel mit den Sinnen. Für die meisten ist dies sehr erregend, egal ob ihr die Augen verbindet, Kopfhörer anzieht oder andere Ideen habt. Ihr könnt auch mit warm und kalt spielen, indem ihr ein paar Eiswürfel bereithalten.

4. Achte auf die Anzeichen des Orgasmus. Bei Männern sind das primär das Zucken des Penis und des Damms, die Stelle zwischen Hoden und Anus. Aber auch bei der Frau sieht man ein Zucken des Muttermunds und der Vaginalmuskulatur.

Fazit

Der ruinierte Orgasmus ist eine Technik, die im ersten Moment widersprüchlich zu dem eigentlichen Ziel zu sein scheint. Aber entgegen dem ersten Eindruck bereitet er viel Lust und steigert die Intensität. Er ermöglicht es dem unterwürfigen Partner, sich fallen zu lassen und ganz hinzugeben. Dies kann für beide Partner ein lustvolles Erlebnis sein, welches die Bindung und Intimität weiter stärkt.

A-Punkt stimulieren: Der Schlüssel zu intensiven Orgasmen bei Frauen

Es ist, als würdest du in eine andere Galaxie entgleiten. Einfach ein berauschendes, unvergleichbares Gefühl. Meinen ersten vaginaler Orgasmus werde ich so schnell nicht wieder vergessen. Ich hatte oft davon gehört, aber dachte immer, ich würde einfach nicht zu den Glücklichen gehören und nicht zu einem vaginalen Orgasmus fähig sein. Wie viele Frauen gehörte ich zu denen, die ein langes Vorspiel brauchten, um überhaupt die Aussicht auf einen Orgasmus zu haben. Jetzt weiß ich, dass unser weiblicher Körper Lustpunkte wie den A-Punkt verbirgt, die dir nicht nur intensive, sondern gleich multiple Orgasmen und eine enorme Luststeigerung verschaffen können.

Sehnst du dich auch danach, endlich einen intensiven, vaginalen Orgasmus zu verspüren? Dann wird es Zeit, dass du den A-Punkt oder wie ich ihn nenne, den Schlüssel zum weiblichen Orgasmus kennenlernen.

Was ist der A-Punkt und was kann er?

Der A-Punkt ist eine erogenen Zone an der vorderen Scheidenwand, zwischen dem G-Punkt und dem Gebärmutterhals. Der A-Punkt soll dabei noch empfindlicher auf eine Stimulation ansprechen als der allseits bekannte G-Punkt und verspricht somit eine hohe Orgasmusgarantie.
Gefunden wurde die „Anterior Fornix Erogenous Zone" 1993 vom malaysischen Gynäkologen Chua Chee Ann, als dieser Untersuchungen an Frauen durchführte, die unter Scheidentrockenheit litten. Dabei fand er unter anderem heraus, dass die Stimulation des A-Punktes die Produktion des Vaginalsekrets stark anregt. Zudem brachte er knapp 30% der Probandinnen durch die Stimulation ihres A-Punktes in kürzester Zeit zu intensiven Orgasmen. Darunter einige sogar zu multiplen Orgasmen innerhalb weniger Minuten. Richtig ausgeführt können Frauen laut Dr. Chau Chee Ann nach einer 1-2 minütigen Stimulation des A-Punktes zum Höhepunkt kommen.

Somit kann dir die A-Punkt Stimulationstechnik nicht nur intensive Orgasmen verschaffen, sondern auch Scheidentrockenheit und damit verbundene Schmerzen beim Geschlechtsverkehr lindern.

Wie findet ihr den A-Punkt der Frau?

Doch wo kannst du den A-Punkt finden und stimulieren? Zugegeben, den A-Punkt zu finden ist nicht gerade einfach. Er wird nicht umsonst auch Deep Spot genannt. Da er relativ weit innerhalb der Scheidenwand gelegen ist, musst eine besonders tiefe Stimulation erfolge, um den A-Punkt zu erreichen. Wenn du dich jetzt fragst, woher du weißt, wann du deinen A-Punkt finden und stimulieren kannst. Glaub mir, du wirst es spüren. Nicht nur daran, dass du schnell eine große Luststeigerung verspürst, sondern auch daran, dass du innerhalb wenigen Sekunden feucht(er) wirst.

Die Suche nach dem A-Punkt kann bei verschiedenen Frauen unterschiedlich sein, da die Empfindlichkeit und Lage des A-Punkts von Person zu Person variieren kann. Hier sind einige Schritte, die Ihnen helfen können, den A-Punkt bei einer Frau zu finden:

Erregung und Entspannung: Stellen Sie sicher, dass die Frau ausreichend erregt und entspannt ist. Eine gute sexuelle Erregung kann die Empfindlichkeit erhöhen und das Finden des A-Punkts erleichtern.

Lokalisierung: Der A-Punkt befindet sich in der vorderen Wand der Vagina, etwa 5-8 cm vom Eingang entfernt. Versuchen Sie, Ihren Finger oder ein Sexspielzeug sanft in die Vagina einzuführen und die vordere Wand zu erforschen.

Krümmung und Textur: Der A-Punkt hat oft eine etwas raue oder rippige Textur im Vergleich zum umgebenden Gewebe. Während der Stimulation können Sie nach einer stärkeren Krümmung oder einer leicht rauen Stelle suchen, die erregend sein könnte.

Druck und Bewegung: Wenden Sie sanften, aber festen Druck auf den A-Punkt an und experimentieren Sie mit verschiedenen Bewegungen. Einige Frauen empfinden stetigen Druck oder kreisende Bewegungen als stimulierend, während andere kurze, schnelle Stöße bevorzugen.

Es ist wichtig zu beachten, dass nicht alle Frauen den A-Punkt als erregend oder orgasmisch empfinden. Manche Frauen spüren möglicherweise keine besondere Empfindung an dieser Stelle, und das ist völlig normal. Die individuellen Vorlieben und Empfindungen können von Person zu Person unterschiedlich sein.

Wie kann man die AFE-Zone richtig stimulieren?
Um deine AFE-Zone nicht nur zu treffen, sondern auch gezielt zu stimulieren, kommt es auf die richtige Technik an. Entscheidend ist der Winkel, in dem der Finger, der Penis oder das Objekt eingeführt wird. Wie immer ist es ratsam, wenn du dich langsam herantastest und zunächst herausfindest, was sich für dich am besten anfühlt. Möchtest du deine AFE Zone zunächst selbst erforschen, beginne ihn mit leichtem Druck und kreisenden Bewegungen zu stimulieren. Steige dich langsam und variiere den Druck. Schon
sanfte Berührungen

die erogene Zone lösen starke Lust aus.

Mit den Fingern

Richtig gewählte Finger können bei der Stimulation sehr hilfreich sein.

Für dich selbst wird die Stimulation mit den Fingern eine eher komplizierte Angelegenheit, wenn auch nicht unmöglich. Mit der sogenannten „komm her Bewegung", in der du die Fingerspitze leicht nach vorne krümmst, kannst du dich mit sanften Bewegungen selbst verwöhnen. Einfacher ist dies aber definitiv mit einem Partner. Dazu eignet sich der Mittelfinger am besten, da er durch seiner Länge tiefer eindringen kann.

Mit einem Sexspielzeug

Mit einem Sexspielzeug, das genau für den A-Punkt geeignet ist, fällt die Stimulation leicht.

In einer Studie von Dr. Emily Harris gaben Frauen an schwerer zum Orgasmus zu kommen, weil sie selbst nicht genau wüssten, was sie brauchen. Mit Sexspielzeugen wie Dildos und Vibratoren können sowohl du als auch dein Partner deinen A-Punkt spielerisch und exakt stimulieren. Dabei kannst du dich so viel ausprobieren, wie du möchtest und deinen Körper ohne Druck kennenlernen. Wenn du deine erste A-Punkt Erfahrung zwanglos und ganz auf deine Bedürfnisse abgestimmt machen möchtest, dann kann ich es dir nur empfehlen.

Zudem ist es auch eine große Erleichterung, wenn du ohne Partner nicht auf deinen vaginalen Höhepunkt verzichten möchtest.

Wählen Sie ein Sexspielzeug, das speziell für die gezielte Stimulation des A-Punkts entwickelt wurde.

Diese Spielzeuge haben oft eine gebogene oder gekrümmte Form, um leichter auf den A-Punkt zugreifen zu können.

Stellen Sie sicher, dass Sie ausreichend erregt und entspannt sind. Verwenden Sie bei Bedarf ein wasserbasiertes Gleitmittel, um die Penetration angenehmer zu gestalten. Es ist auch wichtig zu wissen, wie man den G-Punkt findet. Ich habe einen Artikel zu diesem Thema mit allen Details geschriebenю

Beim Partnersex

Auch beim Sex kann deine AFE-Zone gezielt stimuliert werden. Der Penis muss hierfür tief genug in dich eindringen. Außerdem muss der Druck, der beim Eindringen auf deine AFE-Zone ausgeübt wird, gleichmäßig sein und zur Bauchdecke hin ausgeübt werden. Das A und O um beim Sex zum vaginalen Höhepunkt zu kommen, ist die Kommunikation.
Achte auf dein Empfinden und sag deinem Partner, was dir gefällt und was nicht.

Bedenke auch, dass beim tiefen Eindringen ohne Gleitmittel
vor allem bei Scheidentrockenheit Schmerzen oder sogar Mikroverletzungen auftreten können.

Welche Sexstellungen sind besonders für den A-Punkt geeignet?
Ich kann mir vorstellen, dass du jetzt verunsichert bist, welche Stellungen dir tatsächlich dabei helfen, zu deinem A-Punkt Orgasmus zu kommen. Keine Sorge! Es ist gar nicht so kompliziert, wie es zunächst scheint. Ideal sind

Stellungen, bei denen eine besonders tiefe Penetration erfolgt. Dabei kommt es nicht auf die Penisgröße an, sondern auf den Winkel, in dem er eindringt. Jetzt zeige ich dir meine fünf Favoriten unter den geeigneten für den A-Punkt Stellungen, die dir eine intensive Stimulation garantieren.

Reiterstellung

Die Reiterstellung gehört zu den Klassikern unter den Sexstellungen. Sie bietet die perfekte Voraussetzung für eine tiefe, intensive Penetration. Platzierst du deine Beine dabei neben den Schultern deines Partners und lehnst dich etwas zurück, kann der Penis deinen A-Punkt gezielt stimulieren.

Sphinx

Ein richtiger Winkel des Eindringens ist dabei ganz wichtig.

Diese Stellung ist für uns Frauen nicht nur sehr intensiv, sondern auch besonders entspannend. Hier kannst du es dir in Bauchlage bequem machen, währenddessen du dich mit deinen Armen stützt. Deine Beine sind angewinkelt, wodurch automatisch ein Hohlkreuz und ein idealer Winkel für deinen Partner zum Eindringen entsteht.

Wiener Auster

Der Wiener Auster ermöglicht auch eine tiefe Penetration. Genau wie bei der Sphinx kannst du dich bei der Wiener Auster ganz auf deinen Höhepunkt konzentrieren. Im Prinzip gibt es zu der Missionarsstellung nur einen Unterschied. Deine Beine liegen auf den Schultern deines Partners, wodurch ein extrem steiler Winkel einsteht und ein tiefes Eindringen ermöglicht wird.

Doggy-Style

Nicht nur Männer lieben die verruchte Sexstellung. Auch bei Frauen steht sie hoch im Kurs. Kein Wunder, da du durch das nach vorne Beugen auf allen Vieren eine besonders intensive Stimulation verspüren kannst. Kippst du dein Becken etwas und gehst leicht ins Hohlkreuz, wird dieser Effekt zusätzlich verstärkt.

Chinesische Schlittenfahrt

Diese Sexstellung kann zu einem besonderen Erlebnis
werden.
Bei der chinesischen Schlittenfahrt legst du dich vor
deinem Partner auf den Rücken und spreizt deine Beine.
Dein Partner nimmt dabei eine kniende Position ein. Wenn
du nun dein Becken hebst, kann er seine Oberschenkel
unter dir platzieren, sodass dein Po auf seinen
Oberschenkeln aufliegt. Diese Position ermöglicht nicht
nur ein tiefes Eindringen, sondern lässt euch beiden auch
Spielraum für etwas Kreativität. Hier könnt ihr beide den
Takt angeben und den Rhythmus eurer Bewegungen
gemeinsam steuern.

Fazit

Beim Sex auf unsere Kosten zu kommen ist für uns Frauen oft nicht so leicht. Mit der gezielten Stimulation unseres A-Punktes können wir Frauen endlich gezielt einen intensiven vaginalen Orgasmus erleben. Doch so verlocken sich das auch anhören mag. Vergiss nicht, Übung macht den Meister. Also probiere dich aus und genieße es, dich noch einmal ganz neu zu entdecken.

Zervix Orgasmus: Alles, was du über das nächste Level der Lust wissen musst

Ein unbeschreiblicher Orgasmus von einer Intensität, die ich noch nicht kannte. Dies war mein erster Zervix Orgasmus für mich. Es hat eine Weile gedauert, bis ich herausgefunden habe, was ein Zervix Orgasmus ist und worin er sich zu anderen Orgasmen unterscheidet. Noch länger hat es gebraucht, auszuprobieren, ob und wie ich einen solchen Orgasmus noch mal haben kann. In diesem Artikel möchte ich dir meine Erfahrungen mit dem Zervix mitgeben, sodass du es leichter hast diesen berauschenden Orgasmus zu erleben.

Zervix: Was ist und wo sich befindet?

Der Zervix liegt tief in der Vagina, genau genommen ist es der tiefste Teil des Gebärmutter. Der Zervix ist dafür zuständig, Vieren und Bakterien aus der Gebärmutter herauszuhalten und diese auch für Spermien oder die Blutung zu öffnen und zu schließen. Außerdem laufen hier mehrere Nerven zusammen, die auch direkt mit dem Gehirn verbunden sind. Dadurch ist der Zervix ein weiteres Lustzentrum der Frau und bei seiner Stimulation kann es zu heftigen Orgasmen kommen.

Nun zum Zervix Orgasmus

Man sollte sich auf den Zervix Orgasmus vorbereiten. Gleitgel und Sexspielzeuge können dabei helfen. Wie bereits erwähnt ist der Zervixorgasmus deutlich anders als andere Orgasmen. Bei dem klitoralen Orgasmus stimulierst du dich äußerlich an der Klitoris. Beim vaginalen Orgasmus erregst du deinen G-Punkt und dich selbst durch Penetration. Der Zervix Orgasmus ist noch mal tiefer und mehr ein Gebärmutter Orgasmus. Berechtigterweise wirst du dich Fragen wie man einen Orgasmus mit dem Zervix bekommt und ich werde dir alles, was du über den Zervix Orgasmus wissen musst mitgeben.

Gute Vorbereitung ist ganz wichtig
Der Zervix liegt im Muttermund. Da du diese Zone normal nicht penetrierst, kann es am Anfang sehr ungewohnt und schmerzhaft sein. Ich empfehle dir also, dich gut darauf vorzubereiten. Ich habe damit angefangen, mich selbst mit einem Orgasmusgel zu stimulieren, da ich am Anfang immer eher trocken bin und die Penetration doch sehr tief ist. So werde ich direkt spitz und feucht. Falls das bei dir auch der Fall sein sollte, oder du einfach mal ein Orgasmusgel ausprobieren möchtest, dann schau bei meinem Artikel mit den besten Orgsmusgelen vorbei, dort

findest du alles, was du über Orgasmusgele wissen musst. Ich verspreche dir, dass sie die Stimulation intensivieren und jeden Orgasmus verstärken.

Das Gel hat mir auch geholfen feucht genug zu werden, um einen Dildo Schritt für Schritt tief genug in mich einzuführen. Als ich tief genug war, habe ich beim ersten Mal einen leichten Schmerz verspürt und es war auch nicht sehr angenehm. Erst bei meinen weiteren Versuchen wurde die Cervix Stimulation angenehmer und ich habe angefangen dabei Lust zu empfinden. Daher ist eine gute Vorbereitung der Zervix Umgebung essenziell, bevor du es mit deinem Partner probierst.

Eigenen Körper selbst erkunden und Vorlieben verstehen Wie bereits angesprochen, ist eine gute Vorbereitung wichtig. Dazu gehört auch, dass du dich und deinen Körper gut kennst

. Ich habe den Zervixvorgasmus erst ausprobiert, nachdem ich mich gut gekannt habe. Daher wusste ich genau, was ich unangenehm finde und wann ich besser aufhören sollte. Falls du also noch kaum Erfahrungen hast, dann empfehle ich dir erst den klitoralen und vaginalen Orgasmus auszuprobieren. Spiele mit unterschiedlicher Stimulation und schau, was dich reizt. Erst dann solltest du dich an Dinge wie den Zervixvorgasmus wagen.

Apropos, zum Thema vaginaler Orgasmus habe ich einen
Artikel im Blog geschrieben, schau mal rein!

Tipps zum Zervix Orgasmus mit dem Partner
Nachdem du die Stimulation und Massage des Zervix
selbst ausprobiert hast, kannst du es auch mit deinem
Partner testen. Dies ist ein noch intensiveres Erlebnis, aber
du und dein Partner solltet darauf vorbereitet sein.

Den richtigen Zeitpunkt finden
Der richtige Zeitpunkt ist entscheidend, wenn man den
Zervix stimulieren will. Da der Gebärmutterhals die
Gebärmutter verschließt, öffnet er sich sowohl, wenn dein
Partner in dir kommt, als, auch wenn du kurz vor deiner
Periode bist. Das bedeutet für den Zervixorgasmus solltet
ihr es am besten kurz
vor der Periode

probieren. Dann kann dein Partner den etwas tiefer
sitzende Zervix leichter erreichen und erregen.

Vorspiel nicht vergessen

Wie bei jedem sinnlichen Spiel sollten du und dein Partner nicht direkt zur Sache kommen. Nutzt das Vorspiel, um euch gemeinsam in Stimmung zu bringen, eure Lust zu steigern und euch zu erregen. Dies schafft ein Umfeld, in dem du die nötige Entspannung findest, um diese tiefe Stimulation zuzulassen und zu genießen.

Sanft und langsam

Gerade weil die Stimulation so tief ist, ist es wichtig , dass dein Partner am Anfang sanft und langsam vorgeht. Er muss zum einen, die richtige Stelle finden, um dich wirklich am Zervix zu stimulieren. Zum anderen kann sein Glied und eine zu starke Penetration dich verletzen und dir Schmerzen zufügen. Gebt euch beiden also etwas Zeit, euch daran zu gewöhnen und euren Rhythmus zu finden.

Mit einer passenden Sexstellung anfangen

Von einer passenden Stellung am Start hängen der ganze Prozess und das Ergebnis ab.

Am besten ist, Ihr startet in der Missionarsstellung. Hier kann er schon tief genug in dich eindringen, aber nicht zu tief für den Anfang. Außerdem gibt sie dir auch die Kontrolle, die Tiefe der Stimulation etwas zu regulieren und dich etwas mit Händen und den Beinen zu verschließen. So kannst du ihn auch dabei unterstützen, die richtige Stelle mit seinem Glied zu finden.

Sich genügend Zeit lassen

Wichtig ist nun, dass ihr euch genug Zeit lasst. Bei mir hat es eine ganze Weile und mehr er Versuche gedauert, bis mein Partner die richtige Position gefunden hat, um mit seinem Glied den Zervix zu erreichen. Daher seid nicht frustriert, falls es nicht direkt funktioniert. Eventuell könnt ihr doch ein erneutes Vorspiel mit etwas Orgasmusgel euch so weit lockern, dass es dann klappt, oder ihr probiert es ein anderes Mal erneut.

Position wechseln und tiefer eindringen

Ihr könnt auch die Position wechseln, falls Ihr es geschafft habt den Zervix in der Missionarsstellung zu stimulieren. Dein Partner kann in der Doggystellung noch tiefer in dich eindringen, was eine stärkere Stimulation erlaubt. Diese Position ist besonders für die Zervix Massage geeignet, erfordert aber auch, dass dein Partner weiß, was er tut.

Fazit

Der Zervix Orgasmus ist ein ganz besonderer Orgasmus. Er erfordert viel Geduld und eine gute Vorbereitung. Denn du musst dich an einer sehr tiefen Stelle stimulieren, was zu einem ungewohnt ist, aber auch schmerzhaft sein kann Fange also zuerst damit an, es allein auszuprobieren und gewöhne dich etwas daran, bevor du es mit deinem Partner probierst. Mit deinem Partner ist gerade die Missionarsstellung ein guter Anfang, damit du ihn dabei unterstützen kannst sein Glied an die richtige Stelle zu bringen und auch verhindern kannst, dass er aus Versehen zu tief geht. Falls ihr etwas geübter seid, ist natürlich Doggy eine noch bessere Stellung, mit der man dann schon fast garantiert zum Zervix Orgasmus kommt. Und ich verspreche dir, dass dieser Orgasmus ein ganz neues Erlebnis der Lust sein wird.

Klitoraler Orgasmus: Leicht zu erreichen, aber schwer zu meistern. Steigere deine Lust!

Noch lange bevor ich die unterschiedlichen Orgasmen kannte, hatte ich bereits einen klitoralen Orgasmus. Es ist bei den meisten Frauen die Art von Orgasmus, den sie als Erstes kennenlernen. Das ist nicht verwunderlich, denn die Klitoris liegt außen und ist eine leicht zu finden und erreichende erogene Zone. Ich erinnere mich noch gut an meinen ersten Orgasmus beim sex und den Lustrausch danach. Ich habe direkt weiter gemacht und mich noch einmal selbst befriedigt.

Weiblicher Orgasmus und seine Phasen

Peu à peu erkundet jede Frau ihren Körper, lernt ihre unterschiedlichen erogenen Zonen kennen und weiß, was sie erregt. Ich habe zu dieser Zeit auch den Unterschied zwischen klitoralem und vaginalem Orgasmus kennengelernt. Wie ich beide Orgasmen erreichen kann und was sie weiter intensiviert.

Aber jeder Orgasmus beim Sex haben gewisse Phasen der Lust gemein. Dies mag bei jeder Frau etwas unterschiedlich sein, aber meiner Erfahrung nach wirst du meine Beschreibung auch in deinen Orgasmen wiedererkennen. Statistisch gesehen haben Frauen öfter kein Orgasmus beim Sex als Männer. Deshalb ist es wichtig, dass du dich selbst und deinen Körper untersuchst und deinem Partner vertraust, um den Prozess richtig zu genießen.

Erregung

Egal, ob du dich vaginal oder klitoral stimulierst, am Anfang steht die Erregung. Bei mir ist es meistens so, dass ich schon etwas spitz bin und das Bedürfnis nach einem Höhepunkt verspüre. Meistens empfinde ich dann eine Art Unruhe, die gerade in der Region meiner Hüfte ist. Meistens nehme ich mir dann etwas Zeit und mache es mir auf dem Bett, mit dem einen oder anderen Toy, gemütlich.

In dieser Phase steigere ich nur meine Lust durch das Streicheln der Klitoris. Es sind meistens sanfte Berührungen, da ich aber gerade zu Anfang manchmal etwas trocken bin, nutze ich gerne ein Orgasmusgel. Es ist eine wunderbare Möglichkeit meine Vagina, den Kitzler und meinen Finger schon etwas feucht zu machen und die erste Stimulation zu intensivieren. In meinem Artikel zu Orgasmuesgelen habe ich dazu einige Erfahrungen und die besten Gele zusammengefasst, falls du auch eines ausprobieren willst. Wenn kein Orgasmus beim Sex passiert, kann das Gleitgel behilflich sein.

Plateau

Bei diesem Schritt können Sexspielzeuge ziemlich nützlich sein.
Nachdem ich meine anfängliche Lust und Erregung durch leichte Berührungen gesteigert habe, werden meine sanften Berührungen meistens stärker und wilder. Bei der klitoralen Befriedigung fange ich dann an meine Klitoris stärker zu reiben, manchmal sogar leicht zu zwicken. An diesem Punkt fangen sich meine Muskeln im Becken an, regelmäßig zusammenzuziehen und meine Atmung ist schwer. Mein Körper fühlt sich wie ein gespannter Bogen an.

Während des Plateaus kann es zu verschiedenen körperlichen Veränderungen kommen, wie einer verstärkten Herzfrequenz, einer erhöhten Atmung, einer verstärkten Durchblutung der Genitalien und einer Anspannung der Muskelgruppen. Diese Phase kann unterschiedlich lange dauern, abhängig von der individuellen Reaktion und der Art der sexuellen

Stimulation.

Manchmal, wenn ich diese Lust noch weiter treiben möchte, spiele ich mit dem ruinierten Orgasmus. Dabei höre ich an dieser Stelle, kurz vor dem Orgasmus beim Sex, mit der Stimulation auf. Ich lasse meine Erregung etwas abklingen und beginne von Neuem. Ich verspreche euch, dass ihr euer Lustlevel so weiter und weiter steigern könnt und einen der intensivsten Klitoris Orgasmen erleben könnt.

Orgasmus

Der Orgasmus beim Sex ist bei mir der Moment, in dem die ganze Anspannung endlich abfällt. Nachdem ich sie immerzu aufgebaut habe, fällt sie in einem Moment des Rausches ab. Mein Körper krampft meistens dann noch ein letztes Mal zusammen, bevor er etwas unkontrolliert zu zucken anfängt. In diesem Moment genieße ich nur den Rausch und meistens erinnere ich mich später auch an keine Details. Es ist wichtig, sich selbst keinen Druck zu machen und sich nicht auf den Orgasmus als das alleinige Ziel des Geschlechtsverkehrs zu konzentrieren. Kein Orgasmus beim Sex kommt vor, aber der Sex selbst kann angenehm und erfüllend sein. Experimentieren Sie mit verschiedenen

Entspannung

In der letzten Phase des Orgasmus beim Sex kommt die Entspannung. Ich genieße die Momente danach, bewege mich nicht weiter und bleibe erst mal liegen. Nachdem die ganze Anspannung und Lust aus meinem Körper gewichen ist, fühle ich mich meistens etwas schlapp und träge. Dies ist also ein wunderbarer Moment im Bett liegenzubleiben und zunächst zu entspannen

. Wenn du beispielsweise zum ersten mal Sex mit einer Person hast und kein Orgasmus beim Sex hast, ist es in Ordnung, die ersten Male sind nicht immer perfekt.

Was ist ein klitoraler Orgasmus?
Was ist aber nun ein klitoraler Orgasmus und wo liegt der Unterschied zu anderen Orgasmen? Bei dem Klitoris Orgasmus stimulierst du deinen Kitzler. Diesen kleinen Noppen findest du am oberen Ende deiner Vagina zwischen deinen Schamlippen. Es ist das Ende eines langen Nervenstranges, den du leicht reizen kannst. Durch sanftes Streicheln und stärkeren Druck auf die Klitoris wirst du deine Erregung und Lust steigern und am Ende zum Orgasmus kommen.

Unterschied: vaginaler und klitoraler Orgasmus

Genaugenommen stimuliert man bei einem klitoralen und vaginalen Orgasmus den gleichen Nerv. Denn dieser verläuft hinter dem Kitzler weiter und macht sich noch einmal als

G-Punkt bemerkbar

Dennoch unterscheiden sich beide Orgasmen, da beim vaginalen Orgasmus noch die Penetration eine Rolle spielt. Sie ist eine andere Stimulation, weswegen sich der vaginale Orgasmus auch deutlich anders anfühlt. Viele empfinden ihn als stärker und einige berichten auch, dass er mehrere Minuten bei ihnen dauern kann.

In diesem Zusammenhang ist es auch wichtig, über den vaginalen Orgasmus und seine Besonderheiten mehr zu sprechen, die du in diesem Artikel finden kannst.

Tipps für einen erfolgreichen Kitzler Orgasmus

Sogar beim klitoralen Orgasmus kann etwas schieflaufen, deshalb möchte ich dir etwas empfehlen, was mir hilft. Der Orgasmus mit der Klitoris ist für die meisten Frauen leichter zu erreichen als der vaginale Orgasmus. Aber dennoch gibt es einige Tipps, mit denen du die Lust, die Intensität und die Erregung weiter steigern kannst, um so einen noch intensiveren Orgasmus zu haben.

Gedanken können stören
Eines der größten Hindernisse, die ich habe, sind zu viele Gedanken

Etwas beschäftigt mich Tags über oder ich komme einfach nicht zur Ruhe. Wenn ich so anfange, mich selbst zu befriedigen, ist der Orgasmus meistens nicht sehr bemerkenswert. Daher versuche ich vorher immer etwas zu entspannen, um zur Ruhe zu kommen und mich danach der Lust hinzugeben.

Genügend Feuchtigkeit

Auch beim Klitoris Orgasmus habe ich oft am Anfang das Problem, dass ich nicht richtig feucht bin. Das Streicheln der Klitoris ist dann nicht wirklich erregend, kann sogar unangenehm sein. Sorge dafür, dass der Genitalbereich ausreichend befeuchtet ist. Erregung und Stimulation können zu einer natürlichen Schmierung führen, aber zusätzliche Schmierung kann hilfreich sein, um Reibung und Unbehagen zu vermeiden. Verwende ein Gleitmittel auf Wasserbasis, das mit Kondomen und Sexspielzeug kompatibel ist.

Abwechslung der Bewegungen

Gerade bei der Stimulation der Klitoris kann ich nur empfehlen, die Bewegungen, immer wieder abzuwechseln. Wenn die Stimulation zu monoton ist, fällt meine Lust normalerweise ab. Daher passe ich die Bewegung gerne an. Am Anfang fange ich mit leichtem Streicheln an und gehe im Verlauf dann zu reiben und Kreisen des Fingers auf der Klitoris über. So wechselt die Stimulation und wird mit zunehmender Erregung intensiver.

Fazit

Der häufigste der ersten Orgasmen, den wir als Frauen erfahren, ist klitoraler Orgasmus. Diese Form der Stimulation ist die erste, die man direkt selbst ausprobiert und die einfachste, um sich zum Orgasmus zu bringen. Dennoch gibt es viel, was wir machen können, um unsere Lust zu steigern und ein noch berauschenden Höhepunkt zu erleben. Ich liebe es, mich mit dem einen oder anderen Toy an der Klitoris selbst zu verwöhnen oder selbst mit de Orgasmuskontrolle zu spielen. So steigere ich die Intensität weiter und erlebe einen noch stärkeren Orgasmus und Entspannung danach. Probiere also verschiedene Dinge aus und finde heraus, wie du deine Lust weiter steigern kannst. Es ist völlig ok, wenn du kein Orgasmus beim Sex hast, alles kommt mit der Zeit und Erfahrung.

Ganzkörperorgasmus: Ekstase und tiefe Entspannung

Lange Zeit wusste ich nicht, was unter einem Ganzkörperorgasmus zu verstehen ist. Ich glaube, so geht es vielen, die den Begriff hören. Natürlich kennt man den klitoralen oder den G-Punkt Orgasmus und vielleicht haben einige auch schon von dem Prostata- oder sogar vom Zervix-Orgasmus gehört, der Ganzkörperorgasmus ist aber für viele etwas Neues. Ich hatte ihn durch Zufall das erste Mal und wusste nicht wirklich, was passiert ist, bis ich mehr darüber recherchiert habe. In diesem Artikel möchte ich euch meine Informationen und Erfahrungen darüber teilen, sodass auch du einen Ganzkörperorgasmus spüren kannst.

Was ist ein Ganzkörperorgasmus?

Ein Ganzkörperorgasmus bezieht sich auf einen intensiven Höhepunkt, der den gesamten Körper durchdringt und nicht auf eine spezifische erogene Zone beschränkt ist. Es geht dabei um mehr als nur die rein physische Stimulation der Genitalien. Vielmehr handelt es sich um eine tiefgreifende Erfahrung, bei der sexuelle Energie durch den gesamten Körper fließt und eine Vielzahl von Sinnesempfindungen auslöst.

Im Kontext des Tantra wird ein Ganzkörperorgasmus oft durch längeres Vorspiel, tantrische Praktiken und eine tiefe emotionale Verbindung mit dem Partner erreicht. Es geht darum, die sexuelle Energie aufzubauen und sie durch den Körper zu lenken, anstatt sich ausschließlich auf den Orgasmus als Ziel zu konzentrieren. Dies eröffnet die Möglichkeit, intensive Lustempfindungen zu erleben, die sich über den gesamten Körper ausbreiten.

Ein Ganzkörperorgasmus kann von Person zu Person unterschiedlich sein und verschiedene Empfindungen hervorrufen, wie beispielsweise Wärme, Kribbeln, Zittern oder sogar Ekstase. Es ist eine Erfahrung der erweiterten sexuellen Ekstase und Intensität, die das Potenzial hat, das sexuelle Erleben auf eine ganz neue Ebene zu heben.

Wie fühlt sich ein Ganzkörperorgasmus an?

Der Ganzkörperorgasmus ist das intensivste Erlebnis, dass ich je hatte und gleichzeitig auch schwer zu beschreiben. Dies ist ein intensiver Orgasmus, aber die ganze Energie entlädt sich im Genitalbereich und meistens hält dieser Orgasmus drei bis fünf Sekunden an. Der Ganzkörperorgasmus der Frau geht darüber hinaus, die Energie geht von deiner Vagina in deinen ganzen Körper. Dieser spannt sich an, ist aber auch gleichzeitig entspannt. Du wirst Zuckungen, Vibration und Hitze im ganzen Körper spüren und es fühlt sich so an, als würdest du komplett die Kontrolle über deinen Körper verlieren.

Wenn ich mich normalerweise selbst stimuliere, dann nutze ich gerne ein Toy wie den Satisfyer Dark Desire Klitorisvibrator, der die Klitoris hervorragend reizt und mir so einen intensiven Klitoris-Orgasmus bereitet.

Den Mythen auf der Spur

Für den Ganzkörperorgasmus ist die Kombination von Geist und Körper ganz wichtig.
Um diesen Orgasmus ranken sich Mythen und Geschichten, da er gerade im Tantra Bereich verankert ist. Dort geht es darum, sein Bewusst sein in alle Körperteile und Sinnesorgane zu lenken und die aufgestaute sexuelle Energie in den ganzen Körper zu leiten. Hierbei muss das Bewusstsein ganz im Moment sein und darf nicht abschweifen. Dabei werden starke Emotionen freigesetzt und man erlebt einen Art Rausch der Sinne. Es geht also nicht darum nur eine Ejakulation oder einen Orgasmus zu haben, sondern diesen auch mit einem Bewusstseinsgefühl zu verbinden, was eine Verbindung von Körper und Geist darstellt.

Welche Rolle spielt Tantra beim Orgasmus?

Wie bereits erwähnt, ist der Ganzkörperorgasmus tief im Tantra verankert.
Tantra

ist eine Praktik aus Indien, bei der es darum geht Körper und Geist zu vereinen und zwischen sich und dem Partner eine Einheit zu bilden. Es geht also viel darum, eigene Mauern oder Hemmungen abzubauen

, Intimität, nicht nur sexuell, zuzulassen und die Verbindung zueinander zu vertiefen.

Ganzkörperorgasmus: So bekommst du ihn
Du kannst den Ganzkörperorgasmus allein oder mit deinem Partner erreichen, dies kommt ganz auf dich an. Viele von uns sind zu sehr damit beschäftigt, vor dem anderen gut dazustehen, sodass wir uns selbst im Wege stehen, einen Ganzkörperorgasmus zu erreichen. Wenn dies auch bei dir der Fall ist, würde ich dir empfehlen, es zuerst allein probieren. So kannst du deinen Körper besser verstehen und den Ganzkörperorgasmus erlernen.

Von Erregung bis Edging

Sexspielzeuge können die richtige Stimmung und die Atmosphäre beim Ganzkörperorgasmus schaffen. Wenn ich versuche den Ganzkörperorgasmus allein zu erreichen, dann bereite ich mich darauf vor, in dem ich alle Ablenkungen aus dem Weg schaffe. Kein Handy, kein PC, nichts, was mich aus dem Moment holen könnte. Herzen und die richtige Atmosphäre können mir auch helfen, in die passende Stimmung zu kommen. Danach fange ich meisten an, meinen Körper erst zärtlich zu stimulieren, in dem ich ihn sanft streichle. Oft berühre ich dabei keine Geschlechtsorgane und arbeite mich langsam zu ihnen hin. Wichtig ist, sich dabei ganz auf seinen Körper zu konzentrieren und jede Berührung so intensiv wie möglich wahrzunehmen. Bei steigernder Lust fange ich an meine Vagina mit einem Dildo zu penetrieren, während ich den Rest meines Körpers weiter verwöhne. Ich nutzte dabei Naturdildos, weil sie sich am besten und realistisch anfühlen und auch die Batterie nicht leer sein kann. Der King Cock Uncut Dildo ist einer meiner Lieblingsdildos und hat mir schon oft einen himmlischen Orgasmus bereitet. Du findest aber auch andere ausgezeichnete Modelle in meinem Artikel über die besten Naturdildos. Wichtig bei der Nutzung ist, mit deinem Bewusstsein sich auf jeder

Berührung und Stimulation zu fokussieren und sie so intensiv wie möglich zu erleben.

Beim Partnersex ist Vertrauen und Intimität entscheidend. Neben der reinen Stimulationen ist es essenziell, dass du dich bei deinem Partner fallen lassen kannst, alle Gedanken abschalten und mit deinem Bewusstsein ganz in deinem Körper sein kannst. Dies ist leider nicht immer der Fall, da wir Menschen automatisch gewisse Hemmungen haben oder Mauern, die wir selten fallen lassen. Aber je mehr ihr es ausprobiert, desto besser du zum Ganzkörperorgasmus mit deinem Mann kommen kannst.

Energie nach oben bringen
Egal, ob allein oder zu zweit, du solltest dich nun deinem Orgasmus nähern und beginnen die Energie und Spannung zu spüren. Diese Spannung und Energie musst du jetzt in den ganzen Körper leiten und verteilen. Dies erreichst du durch
die richtige Atemtechnik

. Dabei musst du einatmen und deine Beckenbodenmuskulatur anspannen und dann die Luft für etwa eine Minute anhalten. Halte die Spannung in deinem Becken und lasse sie nach der Minute los. Spüre, wie sich die angesammelte Spannung von deinem Beckenboden langsam im Rest deines Körpers verteilt. Setzte dein Bewusstsein und Aufmerksamkeit auf diese Spannung und wiederhole diese Atmung für Ganzkörperorgasmus immer wieder.

Energie ansammeln

Keine Panik, wenn es beim ersten Versuch nicht gelungen ist. Übung macht den Meister!
Kurz vor deinem Orgasmus sammelst du erneut diese Spannung in deinem Becken durch das Einatmen und Luftanhalten. Sobald der Orgasmus kommt, kannst du die Energie und Spannung zusammen mit dem Orgasmus lösen und spüren, wie der Orgasmus durch den Körper getragen wird.

Genuss vom Ganzkörperorgasmus

Wenn du einen Ganzkörperorgasmus erlebst, wirst du diese Wellen der Lust und Energie im ganzen Körper spüren. Das beschriebene Zittern setzt ein und Hitze macht sich in deinem Körper breit. Genieße diesen Moment, fühle ihn mit deinem ganzen Bewusstsein und lasse es nicht abschweifen. Es wird sich eine tiefe Entspannung in deinem Körper breit machen.

Meine Tipps für deinen Erfolg

Bei dem Ganzkörperorgasmus ist es wichtig, dass du dir selbst oder deinem Partner gegenüber vollkommen offen bist. Nur wenn du alle Anspannungen, Hemmungen und Ablenkungen fallen lassen kannst, kannst du diesen Orgasmus erleben.

Ein Orgasmusgel kann bei dem Versuch eines Ganzkörperorgasmus helfen, denn es intensiviert die Stimulation durch eine Berührung und erleichtert es dir, dich mit deinem Bewusstsein ganz darauf zu konzentrieren. Finde das richtige Gel für dich unter den besten Orgasmugelen, die ich getestet habe.

Verschieden Sextoys können dir natürlich auch bei diesem Orgasmus helfen. Ich habe ja bereits erwähnt, dass ich gerne einen Naturdildo benutzte. Eine Penetration kann aber für einige zu viel sein, in diesem Falle solltest du vielleicht einen der besten Auflagevibratoren aus meinem Artikel in Betracht ziehen. Ich habe diese alle ausprobiert und verspreche, dass sie wundervolle Stimulation bereiten

Fazit

Der Ganzkörperorgasmus ist eine intensive Erfahrung, die über den rein körperlichen Orgasmus hinaus geht. Die Methoden und ersten Erfahrungen mit diesem Orgasmus kommen aus der Tantra Bewegung, bei der es nicht um rein körperliches Vergnügen geht, sondern seinen Geist und Körper zu vereinen und eine intimere Verbindung mit seinem Partner aufzubauen. So ist auch der Ganzkörperorgasmus fast ein spirituelles Erlebnis, bei dem man sich selbst, den Körper und den Partner ganz anders wahrnimmt. Ich hoffe, dass ich euch mit diesem Artikel etwas Einblick in den Orgasmus geben konnte und ihre euch vorstellen könnt, was er bedeutet. Es ist schwierig, ihn zu erreichen, und auch ich schaffe es nicht immer. Aber wenn man den Ganzkörperorgasmus erlebt, dann ist es wundervoll, intensive und zurückbleibt eine tiefe Entspannung und Glückseligkeit.

Analorgasmus für Mann und Frau – Erlebe die ultimative Freude

Hey du! Ich bin hier, um dir über den Analorgasmus zu erzählen. Als Frau bin ich mir dessen bewusst, dass dieses Thema für einige Menschen recht schwierig zu diskutieren ist. Aber ich möchte dir versichern, dass du hier völlig sicher bist, es zu besprechen und auch meine Erfahrungen teilen. Es ist kein Geheimnis, dass viele Menschen Angst vor dem Analverkehr haben. Ich war ehrlich gesagt früher auch ein wenig skeptisch dagegen, aber ich habe mich dazuentschieden, es zu versuchen. Ich dachte wirklich, dass es nicht viel bringen würde. Aber dann habe ich mich in eine völlig neue Welt hineinversetzt, als ich meinen ersten Analorgasmus hatte. Ich werde dir alles über meine Erfahrungen erzählen, vom ersten Mal an bis hin zu meinen Erkenntnissen, wie du einen Analorgasmus erreichen kannst. Lass uns also anfangen und herausfinden, was Analorgasmen sind und wie man sie erreichen kann.

Analorgasmus – was ist das?

Obwohl der Anus kein Sexualorgan ist, kann man einen Analorgasmus bekommen, weil die Zone zwischen dem Anus und den Geschlechtsorganen der Frauen und Männer ziemlich erogen ist. Also der Analorgasmus ist eine besondere und intensive Art von Orgasmus, der durch anale und Stimulation der anderen Körperbereichen erzeugt wird. Dazu gehören Sexspielzeuge, Finger, Penis, Strap-On und G-Punkt-Vibrator. Er ist sehr befriedigend und lässt sich durch Entspannung, Offenheit und Genuss erleben.

Wie funktioniert der anale Orgasmus?

Weiblicher analer Orgasmus ist durch gleichzeitige vaginale Stimulation viel leichter.
Der Analorgasmus funktioniert bei Frauen und Männern unterschiedlich. Die Frauen haben z.B. keine Prostata
1
, deren Stimulation zum analen Orgasmus fühlen kann. Aber für den beiden sollten richtige Handlungen vorgenommen werden. Zum Beispiel ist es vor dem Analverkehr wichtig, sich zu entspannen und sich auf den Moment vorzubereiten. Nun besprechen wir die Besonderheiten des Orgasmus der Frau und des Mannes genauer.

Der Analorgasmus bei Frauen
Der Analorgasmus bei Frauen ist ein besonderer Genuss, der nicht zu unterschätzen ist. Es kann ein wenig Eingewöhnungszeit benötigt werden, aber wenn die richtigen Techniken angewendet werden, kann es eine aufregende Erfahrung sein.

Bei der analen Penetration wird der A-Punkt in der Vagina indirekt stimuliert, so kann sie anal kommen. Das Eindringen kann für die Frau schmerzhafter sein, daher ist es wichtig, sich Zeit zu nehmen und langsam vorzugehen. Man kann ein Kissen auf das Bett legen, um den Druck zu reduzieren. Zusätzliche Stimulation kann helfen, einen Orgasmus zu erreichen. Man sollte vorsichtig mit der Stimulation der äußeren Schamlippen beginnen, um die Erregung zu steigern. Weiter kann man die Klitoris mit sanften Berührungen stimulieren und die Muskeln langsam tiefer vorarbeiten. Wenn du dann in die richtige Position kommst, kannst du sie mit deinen Fingern oder deiner Zunge noch mehr stimulieren und sie in einen sinnlichen Analorgasmus treiben.

Der Analorgasmus bei Männern

Der Analorgasmus bei Männern ist eine wahrhaft magische Erfahrung. Männer können Analorgasmen erleben, indem sie sich entspannen und auf die Stimulation konzentrieren. Mit ein wenig Geduld, Einfühlungsvermögen und dem richtigen Timing, kannst du deinem Partner einen unglaublichen Orgasmus bereiten. Wie es schon erwähnt wurde, ist die Prostata des Mannes sehr empfindlich, was den Weg zu seiner Höhnepunt erleichtert. Stimuliere ihn langsam und sanft mit deiner Zunge oder deinen Fingern und lasse deinen Partner in ein wahres Wunderland der Lust eintauchen.

Meine Tipps zum Analorgasmus
Du wirst überrascht sein, wie erregend und intensiv Analsex sein kann! Mit dem richtigen Wissen und der gründlichen Vorbereitung ist es absolut schmerzfrei und sogar sehr angenehm. Und auch wenn du vielleicht ein bisschen zögerlich bist, kann ich dir versichern, dass du es nicht bereuen wirst.

Gleitgel nicht vermeiden

Ein extra Gleitmittel ist ein Muss und euer Garant des Erfolgs.
Wenn du auf Analsex stehst, benötigst du ein Gleitgel

um ein angenehmes und sicheres Erlebnis zu haben. Es hilft, Reibung und Scheuern zu vermeiden, den Eintritt des Penis oder eines Sexspielzeugs zu genießen und Verletzungen des Anus zu vermeiden. Wähle ein Gleitmittel, das speziell für Analsex geeignet ist, wasserbasiert ist und Reizungen und unangenehme Gefühle verhindert. Vergiss also nicht, Gleitgel zu benutzen, wenn du Analsex hast!

Mit dem richtigen Gleitgel und den richtigen Techniken erlebst du garantiert unvergessliche Analorgasmen. Pjur Analyse Me ist mein persönlicher Tipp für dich, weil es meine Analorgasmen zu unvergesslichen Erlebnissen macht. Es bietet eine sanfte Gleitfähigkeit und ist daher für die meisten Hauttypen geeignet. Darüber hinaus wurde es klinisch getestet und ist frei von Farbstoffen, Parabenen und anderen schädlichen Chemikalien.

Vorbereitung ist das A und O

Sexspielzeuge sind vor dem Analsex und genau dabei sehr nützlich.
Nemmt euch Zeit, um euch zu entspannen, und schaltet alle Gedanken an den Alltag aus

. Anspannen sollte vermieden werden, da es schmerzhaft werden kann.

Aufwärmübungen helfen, die Muskeln zu entspannen und den Anus vorzubereiten. Genießt die Bewegungen und probiert verschiedene Stimulationen aus. Für Männer empfehlen sich spezielle Vibratoren oder der Finger zur Massage der Prostata. Frauen sollten sich vor der Penetration einreiben und ein Gleitmittel verwenden. Mit einem Vibrator kann man die Klitoris stimulieren, bevor etwas in den Anus eingeführt wird. Variiert die Bewegungen und erforscht neue Regionen. Empfehlenswert ist den Anus sanft zu massieren und verschiedene Stellungen auszuprobieren, um den besten Winkel zu finden.

Ein Analplug wie der Fun Factory Bootie Analplug Klein kann ein guter Einstieg für beide sein. Das Spielzeug liegt angenehm in der Hand und ist einfach zu reinigen. Es hat eine glatte Oberfläche, die für ein intensives Gefühl sorgt. Außerdem ist der Plug mit einem extra starken Saugnapf ausgestattet, der sicher auf der Haut haftet und euch einzigartige Gefühle bereitet. Ich bin mir sicher, dass er eure Bedürfnisse befriedigen wird und euch die Freiheit gibt, einzigartige Momente zu erleben, wie es bei uns ist.

Sicher und verantwortlich sein

Bei der analen Penetration sollte man ganz besonderen Wert auf Hygiene und Verhütung legen.
Es ist wichtig, dass man sich wohl und sicher fühlt, wenn man anale Penetration ausprobiert. Man sollte mit einem kleinen Gegenstand beginnen, wie beispielsweise dem Finger oder einem Analstöpsel. Massiert die Analregion mit Massageöl, bevor ihr mit der Penetration beginnt. Das wird dazu beitragen, dass man sich entspannt und weniger Schmerzen empfindet.

Außerdem sollte man bei der Erforschung des Analorgasmus verantwortlich sein. Denk daran, ein Kondom zu benutzen und Sexspielzeug vorzubereiten, um deine Sicherheit zu gewährleisten. Sei immer ehrlich über deine Gefühle und Bedürfnisse, damit du und dein Partner sicher bleiben könnt. Geh vorsichtig vor und sei dir bewusst, dass du für deine Sicherheit und die deines Partners verantwortlich bist.

Die besten Sexstellungen für deinen Analorgasmus
Es gibt viele Positionen, die du für den perfekten
Analorgasmus ausprobieren kannst. Meine
Lieblingsstellungen seht ihr in der folgenden Liste. Probier
ein paar davon aus und findet heraus, welche am besten
für euch funktioniert!

Elefantenstellung

Diese Stellung eignet sich gut für Anfänger.
In der Elefantenstellung bin ich die Frau oben. Ich schlinge meine Beine um die Hüfte meines Partners und lege meine Arme um seinen Hals. Ich kontrolliere die Tiefe und Geschwindigkeit des Eindringens, während mein Partner den Rhythmus und die Bewegungen vorgibt. Ich kann mich auch vorbeugen, um mehr Freiraum für die Penetration zu geben. Es ist eine befriedigende Position, da ich die Kontrolle habe und mich meinem Partner nahe fühle. Es bietet tiefe Penetration und direkten Körperkontakt.

Sphinx

Die Sphinxstellung ist eine intime und erotische Position, bei der ich auf dem Bauch liege, meine Beine leicht gespreizt sind, und mein Partner hinter mir kniet. Er umfasst meine Hüfte oder meinen Po und schenkt mir sanfte, langsame Bewegungen, die meinen Körper erregen. Wir sind uns dabei so nahe und können uns gegenseitig spüren, was einen tiefen Einblick in die Gefühlswelt des anderen ermöglicht.

Löffelchenstellung

Die Löffelchenstellung ist eine der näherten Sexstellungen, die auch die Penetration unter Kontrole zu halten hilft. In der Löffelchenstellung bilden wir einen großen Löffel. Er liegt an meinem Rücken, seine Arme umfassen meine Taille und seine Beine schlingen sich um die meinen. Wir spüren uns intensiv und genießen ein Gefühl von Geborgenheit und Nähe.

Doggy Style

Doggystyle ist eine sinnliche und erregende Position, die viel Kontrolle erfordert und Freiraum für wilde Bewegungen bietet. Ich liebe es, mein Gesicht in das Kissen zu drücken und mein Hintern herauszustrecken, während mein Partner sich langsam und sinnlich von hinten in mich hineinbewegt. Es ist ein intensives Gefühl, das mich zum Schmelzen bringt und mir ermöglicht, meine Hüften kreisen und meinen Körper in verschiedenen Winkeln zu bewegen, um noch mehr Reize zu erzeugen. Doggystyle ist eine Position, die ich immer wieder erleben möchte.

Fazit

Ich liebe es, über Analorgasmen nachzudenken und zu Analorgasmen sind eine tolle Möglichkeit, mehr Freude und Intimität in die eigene Sexualität zu bringen. Es ist wichtig, sich selbst zu erforschen, um herauszufinden, was einem gefällt und was nicht. Mit der richtigen Einstellung und etwas Geduld kann jeder ein neues Level der Lust erleben. Es ist eine Erfahrung, die ich jeder Frau empfehlen kann. Analorgasmen erfordern Übung, aber das Endergebnis kann für jede Frau einzigartig sein. Also, traut euch und erlebt ein besseres Sexualleben!

Unangenehme Momente können auftreten werden, aber die richtige Technik und Einstellung, offene Kommunikation und genug Zeit können zu einem wunderbaren Orgasmus führen. Es kann eine lustvolle Ergänzung zu normalen sexuellen Erfahrungen sein. Mut zu haben und es auszuprobieren lohnt sich! Genießt den Weg zu dem Analorgasmus!

Orgasmuskontrolle und alles was man darüber wissen sollte

Jeder weiß bestimmt, was ein Orgasmus, anders genannt der Sexuelle Höhepunkt, ist. Ein intensives und emotionales Erlebnis, dass man beim Sex erleben kann. Die meisten haben ihn auch schon erlebt, dieses Gefühl kann man mit nichts anderem verwechseln. Umso bedauerlicher, wenn dieser Höhepunkt aus irgendwelchen Gründen daneben geht. Viele empfinden dabei Unzufriedenheit. Weg mit den Vorurteilen, es klingt schlimm, ist es aber gar nicht! Wusstest du, dass man den Orgasmus kontrollieren kann und ein ruinierter Höhepunkt etwas sein kann, mit dem man den Sex aufregender und spannender machen kann? Nicht? Dann pass auf, wir klären dich auf wie du die Orgasmuskontrolle beherrschen kannst!

Was ist an Orgasmuskontrolle durch einen ruinierten Orgasmus reizvoll?

Der Dominante Partner hat Spaß dabei, den Orgasmus seines Gegenübers in der Hand zu haben und tun und lassen zu können, was er will, wobei die Unterwürfige Person es genießt vollkommen unter Kontrolle zu stehen und es für ihn im Fokus steht, nicht zu wissen, ober er nun kommen darf, oder nicht. Aber auch unerfahrene in dieser Szene können den ruienierten Orgasmus ausprobieren. Dank solchen Spielchen lernt man seine Grenzen, bzw. die des Partners kennen. Beim männlichen Orgasmus zum Beispiel, gibt es einen „point of no return", einen Zeitpunkt, ab dem der Orgasmus selbst nicht aufgehalten werden kann. Dieser Punkt wird beim ruinierten Orgasmus angesteuert vom Dominanten Partner angesteuert. Danach wird jedliche Stimulation unterbrochen. Der Reflex der Ejakulation wird ausgelöst und der Orgasmus wird sehr schwach eintreten. Bei Frauen sollte man aber vorsichtig sein: viele schaffen es nach dem ruined orgasm nicht mehr, die Erregung ein weiteres Mal aufzubauen. Wenn man aber alles richtig macht und alle Tipps zum ruinierten Orgasmus befolgt, bleibt diese Technik eine super Methode um sich für andere Spielchen vorzubereiten.

Wie unterscheidet sich „Edging" von einem ruinierten Orgasmus?

Es gibt so einige Sex-Techniken, einige benutzen diese sogar unbewusst. Wenn man einen ruinierten Orgasmus als erstes nicht direkt als Technik erkennt, so ist das „edging" eine weit verbreitete und beliebte Methode um den Sex zu verlängern und das Verlangen zu steigern. Edging bedeutet die Hinauszögerung eines Höhepunkts, dabei geht es darum die Stimulation andauernd zu unterbrechen. Das führt im Endeffekt dazu, dass der Höhepunkt noch intensiver und stärker eintritt. Dagegen ist der ruinierte Orgasmus eher ein Instrument um Dominanz bzw. Unterwefung zu praktizieren. Beide Techniken jedoch fordern ein großes Maß an Vertrauen, intensiver Kommunikation und Körpergefühl. Eigentlich sind also beide Methoden relativ gleich, haben aber den Unterschied, dass bei Edging der Orgasmus zugelassen wird, bei einem ruinierten Orgasmus er aber sehr schwach ist oder auch gar nicht erst eintritt. Für was du dich also im Endeffekt entscheidest, hängt ganz von deinem Geschmack und deinen Bedürfnissen ab.

Was ist wichtig um Spaß bei einem kontrollierten Orgasmus zu haben?

Die wichtigste Regel bei solchen Machtspielchen ist, dass beide daran Spaß haben sollten und gegenseitiges Einverständnis herrscht. Niemand sollte sich zwingen oder gar quälen. Stell sicher, dass sich dein Gegenüber wolfühlt, und du genug Informationen gesammelt hast, damit du weißt, was du tust. Beobachte deinen Partner beim Verlauf dieser Technik genau, überschreite keine Grenzen und gehe sicher, dass alles so verläuft, wie geplant. Außerdem kannst du dafür sorgen, eine angenehme und leidenschaftliche Atmospähre zu schaffen, um unnötige Aufregung zu beseitigen. Nehmt unbedingt Rücksicht aufeinander und achtet auf die Körpersprache, denn die verrät euch wie nah jemand am Höhepunkt ist. Nur wenn mann sich gut vorbereitet und alle Tipps befolgt kann diese Technik zu einem Vergnügen werden und vielleicht auch neue sexuelle Welten eröffnen.

Grenzen setzen und Stoppwort vereinbaren

Um negative Effekte zu vermeiden, sollte man ein Stoppwort vereinbaren. Das ist besonders wichtig, denn falls etwas schief läuft, kann man den ganzen Prozess unterbrechen damit am Ende niemand gekränkt ist. Das Wort könnt ihr einfach unter euch vereinbaren. Wählt lieber ein kurzes und deutlich zu verstehendes Wort, um nicht falsch verstanden zu werden. Denn zum Beispiel „Nein" heißt beim Sex im Endeffekt nicht immer „Nein". Benutzt ein Wort, welches ihr beim Sex normalerweise nicht benutzen würdet. Habt keine Angst, Grenzen zu setzen, diese sind unbedingt notwendig, damit sich letzendlich niemand von euch unwohl fühlt. Wenn du etwas nicht tun willst, dann tu es auch nicht und erkläre deinem Partner, dass dir etwas unangenehm ist. Sexspiele sind nichts für die, die nicht miteinander kommunizieren möchten. Keiner von euch sollte etwas unfreiwillig tun. Nur unter solchen Bedingungen macht Sex auch wirklich Spaß!

Vor -und Nachteile

Einer der Nachteile besteht darin, dass der männliche Teil gut darauf achten sollte, damit keine sogennanten „Kavalierschmerzen„, auch genannt „Blaue Hoden" auftreten. Dass sind ziehende Schmerzen im Hodenbereich, die bei starker Erregung erzeugt werden, falls der Orgasmus nicht eintritt. Keine Sorge, besonders schädlich für die Gesundheit ist dass nicht: dieser Effekt dauert meistens nur ein paar Minuten. Jedoch kann solch ein Effekt zu Erregungsangst führen, man sollte also vorsichtig sein, und falls der Schmerz lange andauert, einen Urologen aufsuchen. Bei Frauen kann ebenso ein sogenannter „Lustschmerz" auftreten, der als unangehem zu empfinden ist. Im Endeffekt kann bei beiden, nach so einer unangenehmen Erfahrung, sogar die Lust auf Sex für längere Zeit vergehen. Solche Machtspielchen sind also mit Vorsicht zu genießen!

Der absolute Vorteil dieser Technik jedoch ist, dass man sich näher kommen kann, falls genug Kommunikation, Vertrauen und viel Fingerspitzengefühl vorhanden ist. Bespricht im Vorhinein genau, wie alles ablaufen soll und wo eure Grenzen liegen. Denn ein ruinierter Orgasmus ist nicht für jeden etwas, man sollte bereit dazu sein, die Kontrolle über seinen Körper vollkommen abzugeben. Wenn ihr genug miteinander kommuniziert und auf alles achtet, sollten keine Missverständnisse auftreten. Ein kontrollierter Orgasmus ist wirklich schön, ein ruinierter Orgasmus kann noch schöner sein und ein intensives Feuerwerk der Gefühle auslösen. Diese bliebte Art der Machtspielchen ist und bleibt ein tolles Werkzeug, um Vertrauen aufzubauen, an Grenzen zu gehen und den Sex interessant und aufregend zu gestalten.

Fazit

Ob man sich oder seinem Partner einen ruinierten Orgasmus besorgen, oder ihn vielleicht auch nur verzögern will, sollte jeder für sich selbst entscheiden. Wichtig bleibt, dass beide mit dieser Art von Spielchen einverstanden sind, damit der Sex ein intensives und aufregendes Erlebnis bleibt und am Ende niemand unzufrieden dasteht. Bespricht vorher lieber genau alle Details. Vergesst nicht, ein Stoppwort zu vereinbaren, damit, wenn jemand keine Lust mehr darauf hat, ihr sofort mit dieser Sex-Technik aufhören könnt und vielleicht lieber etwas anderes probiert. Nicht jeder ist bereit dazu, sich fallen zu lassen und eine ganz neue Art von Gefühlen auszutesten. Jedoch ist die Orgasmuskontrolle eine tolle Möglichkeit Grenzen zu testen, sich seinem Partner vollkommen hinzugeben und Vertrauen aufzubauen.

Du hast kein Orgasmus beim Sex: Warum und was tun?

Für den Mann ist der Orgasmus der Höhepunkt beim Sex, leider kommen wir Frauen dabei oft zu kurz und haben oft keinen Orgasmus. Lange Zeit war es auch für mich nicht selbstverständlich einen Orgasmus zu bekommen, bis ich die Sache selbst in die Hand genommen habe. Ich habe gelernt, was meinem Körper und mir gefällt, sodass ich meinen Partner besser instruieren konnte, was er tun kann, damit mir der Sex auch mehr Spaß macht. Denn wenn man selbst keinen Orgasmus hat, dann ist das nicht nur frustrierend, sondern kann sich auch auf die Beziehung auswirken. Dann hat man zwar einen Partner, den man begehrt, ist aber unglücklich mit dem Sex. In diesem Artikel möchte ich mehr auf dieses Problem eingehen, und wie ich es für mich lösen konnte. Vielleicht wird es auch dir und deiner Beziehung helfen.

Kein Orgasmus bei Frauen: Das sollte man wissen
Es kommt bedauerlicherweise viel zu häufig vor, dass man als Frau keinen Orgasmus beim Sex hat. Aber ist ein Orgasmus wirklich ausschlaggebend?

Muss man jedes Mal einen Orgasmus haben?

Kein Orgasmus kann zur Frustration führen, deshalb solltest du es mit deinem Partner besprechen, um eine Lösung zusammen zu finden.

Meiner Erfahrung nach ist ein Orgasmus etwas Wunderschönes, stellt aber nur den Punkt auf dem i dar. Sowohl für den Mann als auch die Frau ist es nicht schlimm, wenn sie beim Sex nicht kommen. Denn beim Sex sollte nicht der Orgasmus das ausschlaggebende sein, sondern die Nähe zueinander und dem jeweils anderen Lust zu bereiten. Das kann bedeuten, dass man den anderen zum Beispiel oral verwöhnt, ohne selbst einen Orgasmus zu haben. Es ist also nicht schlimm, keinen Orgasmus zu haben.

Bei einigen Frauen, die noch nie ein Orgasmus hatten, kommt es auch vor, dass sie es einfach nur nicht gemerkt haben. Denn nicht immer ist der Orgasmus begleitet von einer heftigen Reaktion, dies ist von Frau zu Frau unterschiedlich.

Was bedeutet das für die Beziehung?

Auf Dauer kann es gerade für eine Beziehung schwierig sein, wenn die Frau keinen Orgasmus bekommt. Dies kann zur Frustration und Unzufriedenheit führen, obwohl man den eigenen Partner liebt. Ich habe diese Erfahrung selbst gemacht und es war schwierig für mich, mit meinem Partner Sex zu haben, denn ich hatte danach immer ein unbefriedigendes Gefühl. Du solltest daher keinen Orgasmus vortäuschen, sondern das Gespräch mit deinem Partner suchen. Berichte ihm von deinen Problemen und Wünschen und versucht zusammen etwas zu ändern, sodass ihr beide glücklich werdet.

Die Ursachen, warum Frauen beim Sex nicht kommen
Es gibt viele unterschiedliche Gründe, warum man als Frau keinen Orgasmus bekommt. Ich möchte dir einige der Gründe mitgeben, warum ich nicht zum Höhepunkt gekommen bin und was ich dagegen tun konnte.

Schwache Beckenbodenmuskulatur
Eine schwache Beckenbodenmuskulatur ist einer der Gründe, warum ich nicht beim Sex gekommen bin. Diese Muskulatur stützt nicht nur dein Becken beim Stehen und Sitzen. Eine gestärkte Muskulatur in dem Bereich sorgt auch dafür, dass die Stimulation durch das männliche

Glied intensiver ist. Du kannst damit deine Vagina etwas enger machen, was dazuführt, dass die Nervenenden stärker gereizt und durchblutet werden. Ein Training dieser Muskulatur
mit verschiedenen Übung hat mir geholfen mehr beim Sex zu spüren und eine stärkere Kontrolle über die Stimulation zu haben.

Ihr wisst nicht, wie Du beim Sex kommst
Gerade zu Beginn hatte ich das Problem, dass ich nicht mal selbst wusste, wie ich mich zum Orgasmus bringen kann. Da ich meinen Körper und mich nie richtig erkundet hatte, wusste ich nicht, wie ich mich berühren muss, damit die Lust in mir anschwillt. So konnte ich es auch nicht meinem Partner mitteilen, der ebenfalls nicht wusste, was meine Vorlieben sind, wie auch. Es ist daher wichtig, dass du dir die Zeit nimmst herauszufinden, was dir gefällt. Denn nur so könnt ihr diese Unwissenheit überwinden und daran arbeiten, dass ihr beide zum Orgasmus kommt.

Unzureichende psychische und körperliche Stimulation
Im Gegensatz zum Mann bekommt eine Frau keinen Orgasmus, wenn die psychische und körperliche Stimulation unzureichend ist. Beim Mann ist die Stimulation durch Reibung am Penis genug, um ihn zum Orgasmus zu beringen, eine Stimulation der Psyche ist

mehr ein Bonus, der alles intensiver macht. Bei uns ist es anders. Wenn ich nicht in Stimmung bin oder keine Atmosphäre für Sex

da ist, dann habe ich erstens keine Lust auf Sex und Zweites kann ich dann keinen vaginalen Orgasmus bekommen, oder klitoral. Daher ist es wichtig, dass dein Partner nicht nur auf deine rein körperlichen Bedürfnisse achtet, sondern auch die passende Stimmung erzeugt.

Du kannst nicht abschalten

Damit geht das Problem einher, dass man häufig nicht abschalten kann. Mir fällt das Abschalten auch immer schwer, denn viel zu häufig denke ich über zu viel nach und nehme dies dann auch mit ins Schlafzimmer. Natürlich fällt es mir dann schwer in die richtige Stimmung für Sex zu kommen oder mich so weit zu entspannen, dass ich einen Orgasmus haben kann. Bei Männern scheint dies leichter zu sein, aber ich denke so geht es vielen Frauen.

Anatomische Gründe deines Körpers

Solche Sexspielzeuge wie Penishüllen können bei der Lösung dieses Problems sehr hilfreich sein. Natürlich kann es auch anatomische Gründe geben

, wenn Frauen keinen Orgasmus bekommen. Zum Beispiel können der Scheideneingang und die Klitoris weit auseinander liegen, was auch bedeutet, dass weniger Nerven, der Klitoris, in der Scheide sind. Zudem haben einige Frauen eine kleine äußere Klitoris, was es schwieriger machen kann diese zu reizen und so zu einem vaginalen Orgasmus zu kommen. Ich habe die Erfahrung gemacht, dass einige dieser Probleme durch eine Penishülle gelöst werden. Der Mann stülpt diese über sein Glied und bekommt dadurch etwa einen dickeren Penis, eine ausgeprägtere Eichel, oder andere Merkmale, die dir helfen, zum Orgasmus zu kommen. Nach meinen Erfahrungen habe ich einen Artikel mit den besten Penishüllen zusammengestellt und dort findest du sicher eine, die auch dir zum Orgasmus hilft.

Was kann man gegen Orgasmus-Probleme machen?

Ich möchte euch natürlich auch einige meiner Tipps mitgeben, wie ich es geschafft habe, häufiger beim Sex zum Orgasmus zu kommen.

Regelmäßige Masturbation

Zuallererst ist es wichtig, dass du Erfahrungen mit deinem Körper sammelst. Du solltest damit beginnen, deinen Körper zu erkunden und versuchen, dich selbst zum Orgasmus zu bringen. Das regelmäßige Masturbieren ist nichts Gefährliches und es wird dir helfen, dass du weißt, was deinem Körper und dir gefällt und wie du dich berühren musst, damit du Lust empfindest. Ich habe zum Beispiel angefangen, verschieden Sextoys auszuprobieren und Dildos für mich entdeckt. Dildos mit Saugnapf kannst du leicht befestigen und so viele Stellungen ausprobieren. Modelle der besten Dildos mit Saugnapf habe ich in einem Artikel zusammengestellt. Lass deiner Fantasie freien lauf und probiere dich aus.

Offene Kommunikation

Wie bereits erwähnt, ist eine offene Kommunikation mit deinem Partner essenziell. Das Problem, dass du beim Sex nicht kommst, wirst du nicht allein lösen können. Dein Partner muss wissen, dass du das Problem hast, denn nur so kann er versuchen etwas zu ändern. Es hilft natürlich, wenn du weißt, was er anders machen kann, sodass du ihn anleitest, wie er dich zum Orgasmus bringt.

Übung macht den Meister

Empfehleswert ist, neue Stellungen auszuprobieren und das Vorspiel nicht vermeiden.
Nachdem du deinem Partner mitgeteilt hast, dass du beim Sex keinen Orgasmus hast, könnt ihr zusammen versuchen dies zu beheben. Er kann versuchen, deiner Führung zu folgen und dich so zu stimulieren, wie du dich selbst zum Orgasmus bringst. Ihr könnt aber auch neues ausprobieren, etwa neue Sexstellungen, die eine andere Penetration erlauben, vielleicht magst du es ja lieber langsam und tief. Für mich ist unter anderem das Vorspiel immer wichtig gewesen und ich habe mit meinem Partner angefangen, dieses immer weiter nach vorn zu verlagern. So bin ich schon vorbereitet und spitz, wenn wir zu Hause ankommen. Es gibt viele unterschiedliche Modelle mit unterschiedlichen Funktionen. Ich habe einige davon getestet und die besten Butterflyvibratoren findest du in meinem Artikel. Probiert euch aus und findet das passende Sextoy für euch.

Zum Spezialisten gehen

Falls das Problem des fehlenden Orgasmus bestehen bleibt, kann ich dir nur empfehlen zum Arzt zu gehen. Es ist nichts Schlimmes, seinem Gynäkologen gegenüber offen zu sein und ihm von dienen Problemen zu erzählen. Vielleicht machen du und dein Partner nichts falsch und ihr wisst einfach nur nicht über die Besonderheiten deines Körpers Bescheid. Bei psychischen Belastungen kann es natürlich ratsam sein, den entsprechenden Spezialisten aufzusuchen. Er wird dir helfen, diese zu lösen, was Entspannung in der Beziehung mit deinem Partner bringen wird. Zum Arzt zu gehen ist daher etwas Gutes und du solltest diese Möglichkeit nutzen.

Fazit

Ich bin überzeugt, dass die meisten Frauen damit zu kämpfen haben, dass sie beim Sex keinen Orgasmus haben. Wenn ich mit meinen Freundinnen spreche, dann berichte nicht nur ich von diesen Problemen. Häufig sind die Ursachen aber ganz unterschiedlich und können von Unwissen, zu psychischem Stress hin zu anatomischen Gründen sein. Es ist wichtig, dass du in diesem Fall mit deinem Partner offen darüber sprichst, dass du keinen Orgasmus bekommst und er davon weiß. So könnt ihr zusammen diesen Umstand ändern und nach Lösungen suchen, wie auch du dieses Gefühl beim Sex erleben kannst. Ich hoffe, dass dir meine Erfahrungen dabei helfen, dieses Problem leichter zu überwinden und dass du den Orgasmus erlebst, nachdem du dich sehnst.

G-Punkt finden – so klappt es garantiert

Ich bin immer wieder überrascht, wie viele Frauen sich noch immer fragen, wo genau ihr G-Punkt ist und wie man ihn stimuliert. Wie kann man also den G-Punkt finden? Ich habe mich auf die Suche gemacht und möchte dir in diesem Artikel verraten, wie ich es geschafft habe, meinen G-Punkt zu finden und zu stimulieren. Denn glaub mir, es lohnt sich wirklich, den G-Punkt zu entdecken.

Was ist der G-Punkt einer Frau?

Der G-Punkt, auch G-Zone genannt, ist eine erogene Zone innerhalb der Vagina einer Frau. Er befindet sich auf der vorderen Wand der Vagina, etwa fünf bis sechs Zentimeter von der Öffnung entfernt. Der G-Punkt ist besonders empfindlich und kann bei Stimulation zu intensiven Orgasmen führen.

Der G-Punkt wurde erstmals von dem
deutschen Arzt Ernst Gräfenberg

deutschen Arzt Ernst Gräfenberg beschrieben, der ihm seinen Namen gab. Seitdem wurde der G-Punkt in der medizinischen Fachliteratur immer wieder erwähnt. Allerdings gibt es auch viele Diskussionen und Kontroversen darüber, ob in der Vagina der G-Punkt tatsächlich eine eigene Struktur darstellt oder ob es sich lediglich um eine erogene Zone handelt. Einige Studien haben gezeigt, dass die Stimulation des G-Punkts bei manchen Frauen zu intensiven Orgasmen führen kann
während andere Frauen keine besondere Empfindung dabei haben.

Es gibt also definitiv noch viel, was wir über den G-Punkt lernen müssen. Ich finde, es ist wichtig, dass wir uns als Gesellschaft offen und neugierig dem Thema sexuelle Funktion und Befriedigung nähern und dass wir uns nicht von Vorurteilen oder Tabus davon abhalten lassen, das Thema zu erforschen und zu diskutieren.

Hat jede Frau einen G-Punkt?

Den G-Punkt kann jede Frau finden. Denn jede hat einen. Allerdings ist es so, dass nicht jede Frau den G-Punkt auf die gleiche Weise empfindlich findet. Manche Frauen berichten von intensiven Orgasmen durch G-Punkt-Stimulation, während andere keine besondere Empfindung dabei haben. Es ist also wichtig, dass du dich selbst und deinen Körper kennst und herausfindest, was dir gefällt.

Warum ist es so schwer, den G-Punkt zu finden?
Den G-Punkt selbst finden: Bedenke, er befindet sich nicht direkt an der Vaginalöffnung, sondern etwas tiefer im Inneren. Deshalb ist es manchmal schwierig, ihn zu finden. Außerdem ist man bei der G-Punkt-Massage nicht immer sofort empfindlich, sondern muss erst durch Stimulation aktiviert werden. Es ist also wichtig, dass du etwas Zeit und Geduld mitbringst, wenn du den G-Punkt entdecken möchtest.

Wo ist der G-Punkt?

Der G-Punkt befindet sich auf der vorderen Wand der Vagina, etwa fünf bis sechs Zentimeter von der Öffnung entfernt. Wenn du auf der Rückseite liegst und die Beine anwinkelst, kannst du den G-Punkt leichter ertasten. Du kannst auch versuchen, mit einem oder zwei Fingern in die Vagina einzudringen und leicht nach oben zu drücken. Du solltest eine leicht erhöhte Stelle spüren, die etwas rau oder uneben ist. Wichtig ist, dass du dich entspannst und dich nicht unter Druck setzt. Es kann ein bisschen dauern, bis du den G-Punkt gefunden hast.

Tipps zur Suche des G-Punkts

Die Suche nach dem G-Punkt ist nicht so einfach und immer noch umstritten.
Unter Forschenden ist die genaue Stelle des G-Punkts

nach wie vor umstritten. Hier sind ein paar Tipps, die dir bei der Suche nach deinem G-Punkt helfen können:

Sei entspannt und nimm dir Zeit: Der G-Punkt ist leichter zu finden, wenn du dich entspannst und dich nicht unter Druck setzt. Nimm dir also genügend Zeit und geh keine Hektik an die Sache.
Verwende Gleitgel: Das Gleitgel erleichtert das Eindringen der Finger in die Vagina und macht die Stimulation des G-Punkts angenehmer.
Experimentiere mit verschiedenen Stellungen: Die Löffelchenstellung, die Doggy-Style-Stellung oder die Missionarsstellung sind gute Stellungen, um den G-Punkt zu ertasten. Probiere einfach ein bisschen herum und finde heraus, was dir am besten gefällt.
Wie kann man den G-Punkt stimulieren?
Es gibt verschiedene Möglichkeiten, den G-Punkt zu stimulieren. Hier sind ein paar Ideen:

Mit den Fingern

Du kannst den G-Punkt mit einem oder zwei Fingern ertasten und leicht nach oben drücken. Du kannst auch kreisende Bewegungen oder leichtes Reiben ausprobieren.

Mit dem Penis

Es gibt eine große Vielfalt der Sexszellungen, in denen ihr den gewünschten G-Punkt stimmulieren könnt. Während des Geschlechtsverkehrs kannst du den G-Punkt stimulieren, indem du die Hüfte leicht anhebst oder dich auf die Seite drehst. Auch bestimmte Stellungen, wie die Löffelchenstellung oder die Doggy-Style-Stellung, eignen sich besonders gut zur Stimulation des G-Punkts.

Mit den Sexspielzeugen

Es gibt spezielle Sexspielzeuge, die für die Stimulation des G-Punkts entwickelt wurden. Du kannst einfach einen G-Punkt-Vibrator oder einen G-Punkt-Dildo ausprobieren und sehen, ob sie für dich geeignet sind.

Es gibt spezielle Vibratoren, die für die Stimulation des G-Punkts entwickelt wurden. Du kannst einen G-Punkt-Vibrator ausprobieren und sehen, ob er für dich geeignet ist.

Vaginalbälle sind kleine Kugeln, die in die Vagina eingeführt werden und durch Muskelkontraktionen im Inneren gehalten werden. Sie können zur Stärkung der Beckenbodenmuskulatur verwendet werden, aber auch zur Stimulation des G-Punkts. Du kannst verschiedene Bewegungen ausprobieren, um zu sehen, was dir am besten gefällt.

Mit Oralsex

Du kannst den G-Punkt auch durch Oralsex stimulieren, indem du deinem Partner sagst, wo du den meisten Druck möchtest oder indem du deine Hand führst, um ihm zu zeigen, wie du es am liebsten hast.

Mit einem Strap-On

Ein Strap-On ist ein Sexspielzeug, das an einem Gürtel befestigt ist und den Penis ersetzt. Du kannst einen Strap-On verwenden, um den G-Punkt zu stimulieren, wenn du selbst aktiv werden möchtest oder wenn du etwas Neues ausprobieren möchtest. Verwende dafür eine leicht kreisende Bewegung oder drücke leicht nach oben.

Meine Lieblingsstellungen zu dem G-Punkt
Es ist wichtig, dass du dich bei der Suche nach deinem G-Punkt wohl fühlst und dich nicht unter Druck setzt. Probiere einfach ein bisschen herum und finde heraus, was dir am besten gefällt. Es gibt kein „richtig" oder „falsch" beim Sex – es geht darum, dass du dich wohl fühlst und deine Bedürfnisse und Wünsche auslebst. Also nimm dir Zeit und hab Spaß beim Experimentieren mit verschiedenen Stellungen und Techniken, um deinen G-Punkt zu stimulieren. Hier sind ein paar Stellungen, die ich besonders gerne zur Stimulation meines G-Punkts verwende:

Missionarsstellung

In dieser Stellung liegst du auf dem Rücken und dein Partner liegt auf dir. Durch das Anheben der Hüfte oder das Drehen auf die Seite kannst du den G-Punkt leichter erreichen. Auch für das Vorspiel, wenn du dein Sexleben abwechslungsreich gestalten willst, kannst du Silikondildos verwenden – ich habe die besten Modelle in diesem Artikel ausgewählt.

Reiterstellung

In der Reiterstellung sitzt du auf deinem Partner und kannst die Hüfte kreisen oder vor- und zurückbewegen, um den G-Punkt zu stimulieren.

Doggy-Style

In der Doggy-Style-Stellung bist du auf allen Vieren und dein Partner dringt von hinten in dich ein. Durch das Anheben der Hüfte kann der Penis leichter den G-Punkt treffen.

Löffelchenstellung

In der Löffelchenstellung liegst du auf der Seite und dein Partner liegt hinter dir. Durch leichtes Anheben der Hüfte oder das Drehen auf den Bauch kannst du den G-Punkt leichter erreichen.

Spiegelstellung

In der Spiegelstellung stehst du vor deinem Partner und kannst dich auf ihn setzen oder vor- und zurückbewegen, um den G-Punkt zu stimulieren.

69-Stellung

Diese Stellung kann eure Lust steigern und die Suche nach dem G-Punkt dann noch spannender machen. Hände müssen nicht weg.
In der 69-Stellung liegst du unten und dein Partner oben. Du kannst deine Beine anwinkeln und den G-Punkt durch leichtes Anheben der Hüfte oder das Kreisen der Hüfte erreichen.

Kleine Brückenstellung

In der kleinen Brückenstellung liegst du auf dem Rücken und stützt dich mit den Armen ab. Dein Partner kniet zwischen deinen Beinen und kann leicht den G-Punkt erreichen.

Wichtig zu beachten: Statistisch gesehen ist es häufig der Fall, dass eine Frau normalerweise keinen Orgasmus haben kann, was die Frage aufwirft: Was kann man dagegen tun? Untersuchen Sie die Reaktion Ihres Körpers, besprechen Sie sie mit Ihrem Partner. Weitere Tipps finden Sie in dem Artikel Warum kein Orgasmus bei der Frau.

Fazit

Ich hoffe, ich konnte dir mit diesem Artikel weiterhelfen und du hast ein paar Tipps und Ideen bekommen, wie du deinen G-Punkt finden und stimulieren kannst. Es lohnt sich wirklich, den G-Punkt zu entdecken, denn die Intensität des G-Punkt-Orgasmus, den man durch Stimulation erleben kann, ist wirklich unbeschreiblich. Also nimm dir etwas Zeit und experimentiere ein bisschen. Du wirst sehen, G-Punkt-Stimulation macht unheimlich viel Spaß und bringt dir neue Erfahrungen und Vergnügen. Die G-Zone der Frau kann wahre Orgasmus-Wunder bewirken!